Das Team
Das Camp der Vergessenen

DAS CAMP

DAS TEAM

DER VERGESSENEN

MIKE STUART

THIENEMANN

Das Team

Alex Wilken, 24 Jahre alt, dunkelblond, schlank, aber kräftig, ruhig und ernst, bekommt den Auftrag zu klären, wohin die Hilfslieferungen für ein Flüchtlingscamp verschwinden.

Fiona Beck, 26 Jahre alt, hellblond, wirkt zerbrechlich – ist es aber nicht. Pilotin des Teams, hat ein makaberes Hobby.

François Brunél, 25 Jahre alt, rothaarig, drahtig, ist Techniker und Fionas Copilot, macht gern Späße auf Kosten anderer.

Walter van Kamp, 34 Jahre alt, dunkelhaarig, etwas füllig, verlässt seinen Platz am Computer nur im äußersten Notfall.

Weitere Hauptpersonen

Jikal, 13 Jahre alt, ist mit seiner Familie aus der Heimat geflohen und gerät in höchste Gefahr, als er aus Not stiehlt.

Silly, 10 Jahre alt, klein und mager, wird von allen für beschränkt gehalten, ist im richtigen Moment aber voll da.

Winston, 13 Jahre alt, hat mehr Ehrgeiz als Verstand.

Justin M'bele, ein Offizier, der menschlich handelt.

Vincent N'gara, der Gouverneur von Okanga, gerät unter massiven Druck.

Messie/Messenger, der (fast) allwissende Zentralcomputer der I.B.F., denkt und benimmt sich wie ein Mensch.

I.B.F./International Benefit Foundation, privater, humanitär orientierter, weltweit aktiver Nachrichtendienst. Auftraggeber des Teams.

Dieser Winston spielte sich in Jikals Augen so uner-
träglich auf, dass seine Wut innerhalb von Sekunden
zum Siedepunkt hochgekocht war. Trotzdem griff er
noch nicht ein, sondern sah zum Zelteingang, wo die
anderen Jungen sich drängten. Was würden sie tun,
wenn er Winston die Meinung sagte? Was Winston
selbst tun würde, das war Jikal schon klar und seine
Hände ballten sich unbewusst zu Fäusten.

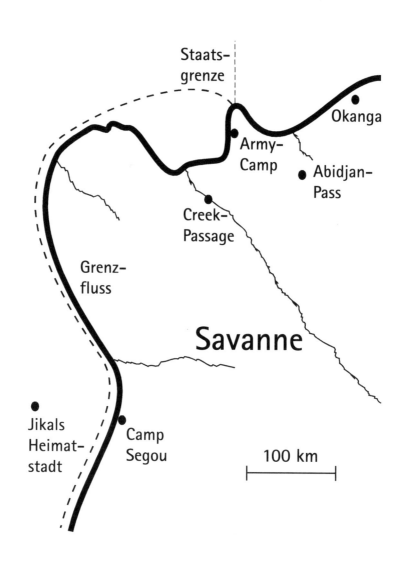

Staats-
grenze

Okanga

Army-
Camp

Abidjan-
Pass

Creek-
Passage

Grenz-
fluss

Savanne

Jikals
Heimat-
stadt

Camp
Segou

100 km

Der Dieb

Der Mond war in dieser Nacht nur eine schmale Sichel, und das war Jikals Glück. Es war der Mond der Diebe: hell genug, um selbst etwas zu sehen, aber nicht so hell, dass man leicht gesehen wurde.

Vorsichtig lockerte Jikal einen Pflock an der Ecke des Zeltes. Das war äußerst mühsam, weil er so leise wie möglich und im Liegen arbeiten musste, damit ihn niemand sah. Bloß kein unnötiges Geräusch machen! Die Wache, die auf einem Feldbett vor dem Zelteingang gelegen hatte, war zwar vor wenigen Augenblicken aufgestanden und weggegangen und es würde wohl ein paar Minuten dauern, bis sie zurückkam, aber das ganze Armeelager wimmelte von Soldaten.

Endlich gab der Pflock nach und rutschte mit einem Knirschen aus der harten Erde. Jikal keuchte leise vor Anstrengung. In der Stille der Nacht kam ihm jedes Geräusch unnatürlich laut vor. Sein Herz raste und das Blut rauschte in seinen Ohren. Er befand sich mitten zwischen den Militärzelten und jeden Moment konnte die Wache zurückkommen. Wenn es dem Mann einfiel, die Rückseite des Kochzeltes zu inspizieren, bevor er sich wieder hinlegte ...

Niemand durfte auch nur das Geringste hören! Das

Camp lag in Rebellenland, und aus Angst vor Überfällen schossen die Soldaten sofort, wenn sich in der Nacht etwas Verdächtiges regte. Und was Jikal hier tat, das war schon mehr als verdächtig.

Langsam und vorsichtig hob er die Plane ein Stück weit an und kroch mit vor Angst verkrampften Gliedern in die Finsternis vor sich. Eine dünne Stange war im Weg. Ein Tischbein? Jikal schlängelte sich daran vorbei. Seine Schulter stieß gegen etwas Hartes. Es geriet ins Rutschen und gab ein metallisches Schaben von sich. Jikal zuckte zurück. Einen Moment lang glaubte er ein Geräusch im Zelt gehört zu haben, als würde sich Stoff auf Stoff reiben – aber das kam bestimmt nur von der Aufregung. Hier war niemand außer ihm. Äußerst vorsichtig richtete er sich auf. Er war tatsächlich neben einem Tisch herausgekommen, der hoffentlich voller Lebensmittel stand. Mit der einen Hand hielt Jikal sich daran fest, um in der Finsternis nicht die Orientierung zu verlieren, mit der anderen suchte er vorsichtig die Platte ab. Pappschachteln raschelten leise, eine Messerklinge verschob sich und stieß an Glas. – Wenn man doch nur etwas sehen könnte!

Plötzlich fühlte Jikals Hand etwas Hartes, Rundes. Behutsam tastete er weiter und ein Lächeln zog sich über sein Gesicht: ein ganzer Stapel Konservendosen! Egal, was es war, in Konserven gab es immer etwas Brauchbares. Eilig steckte er drei der kleinen Dosen vorne in sein Hemd und ließ sich wieder auf den Boden hinab, um nach draußen zu kriechen. Schnell fort von hier, bevor die Wache zurückkam!

Nach der Finsternis im Zelt erschien Jikal das schwache Mondlicht ungewöhnlich hell. Deutlich konnte er die anderen Zelte erkennen. Etwa zehn Meter entfernt parkte ein Jeep und weiter hinten stand ein Posten an eine Zeltstange gelehnt. Was, wenn er herübersah? Jikal zögerte. Die Angst legte sich wie ein Bleigewicht auf seinen Rücken. Lange Augenblicke lag er unbeweglich da. Die Schweißperlen auf seiner Stirn schimmerten im Mondlicht und seine Finger krallten sich in die harte Erde; dann – endlich – löste sich der Krampf und er schob sich vorsichtig aus dem Zelt.

Tief geduckt huschte Jikal ein Stück weit zwischen den Zelten der Soldaten hindurch, aber dann hielt er es vor Neugier nicht mehr aus. Im Schatten eines Lastwagens stoppte er und zog eine der Dosen halb aus seinem Hemd. Es war Kondensmilch! Genau das Richtige für Sunny.

Jikal schlich weiter. Zwischen den letzten Zelten stand eine große Kiste. Warum hatte man sie mit einer Plane abgedeckt? Was mochte darin sein? Noch mehr Lebensmittel vielleicht? Ölsardinen? Früchte in Dosen? Reis? In letzter Zeit konnte Jikal fast nur noch an Essen denken, aber das war kein Wunder. Schließlich gab es im Lager schon seit Wochen keine ordentliche Nahrung mehr.

Plötzlich klang eine laute Männerstimme im Dunkel auf. »Hat einer von euch noch Bier? Ich habe Durst!« – »Ich auch!« – »Ich auch!« Einige Männer lachten.

Jikal erstarrte für die Dauer eines Wimpernschlags. Er hatte sich so sehr auf die Kiste konzentriert, dass er das

Scharren der Stiefel völlig überhört hatte. Erst die Worte der Soldaten, die zwischen den Zelten hindurch in seine Richtung kamen, rissen ihn aus seinen Gedanken. Blitzschnell warf er sich zu Boden, drängte sich eng an die große Holzkiste und zog die Abdeckplane mit einer raschen Bewegung über seinen schmalen Körper. Die Männer durften ihn auf keinen Fall entdecken! Sonst konnte er die Milchdosen vergessen und als Bestrafung waren ihm Stockschläge sicher. Jikal wusste das: Wen die Soldaten bestraften, den straften sie grausam.

Seine Nase steckte im Staub und er fürchtete niesen zu müssen. Die Dosen waren unter ihn geraten und drückten sich schmerzhaft in seinen Bauch. Egal! Jikal hielt absolut still. Bloß keine unnötige Bewegung, bloß kein Geräusch machen, sonst wäre alles umsonst gewesen.

Jikal hatte seinen Schlafplatz im Flüchtlingslager verlassen, um Nahrung für seine Familie zu finden, als die Sichel des Mondes am höchsten stand. Sunny, seine dreijährige Schwester, hatte den ganzen Tag lang noch nichts gegessen und ihre Augenentzündung war in den letzten Tagen quälend schlimm geworden. Wenn sie nicht bald etwas Nahrhaftes zu essen bekam, würde die Krankheit noch gefährlicher werden. Das hatte Noobida, die junge Zauberfrau, gesagt und Jikal wusste, dass es stimmte. Es gab schon einige Kinder im Lager, deren Augen so schlimm geworden waren, dass sie nur noch tränten. Man konnte blind davon werden. Das kam zwar nicht nur vom Hunger, aber Medikamente gab es im Lager sowieso keine. Der Körper brauchte Kraft, um sich so lange wie möglich gegen die Krankheit zu wehren. Also hatte Jikal sich mitten in der Nacht aufgemacht, um irgendwo etwas Essbares für Sunny aufzutreiben, und da gab es nur eine einzige Möglichkeit: Er musste die Sachen aus dem Proviantzelt der Soldaten, die das Lager bewachten, stehlen.

Jikal hatte keine andere Wahl, denn mit seinen gerade mal dreizehn Jahren war er das Familienoberhaupt und die Verantwortung lastete schwer auf ihm. Sein Vater war vor drei Monaten mit ein paar anderen auf der Flucht vor den Regierungssoldaten seines Heimatlandes zurückgeblieben, um die Verfolger aufzuhalten und so den Weg der Flüchtlinge über die Grenze in das Nachbarland abzusichern. Seitdem hatte man von keinem der Männer mehr etwas gehört, und das bedeutete im besten Fall, dass sie alle verhaftet und in ein Gefangenenlager gebracht worden waren. Jikal war der älteste Sohn. Nun war er es, der dafür zu sorgen hatte, dass die Familie genug zu essen bekam – und jetzt wäre er den Soldaten in der Dunkelheit beinahe in die Arme gelaufen!

Die Soldaten schwatzten weiter und hielten an, um sich zu beraten. Schwere Stiefel schabten direkt vor Jikals Gesicht über den Boden und der Geruch frisch gefetteten Leders wehte unter die Plane. Einer der Soldaten musste direkt neben ihm stehen. Jikal presste sich noch enger an die Kiste. Etwas knarrte und weitere Schritte nahten. Es war das Geräusch schwerer Stiefel.

Jikal hörte eine Begrüßung. Metall klirrte. Gelächter. Die Männer gaben sich keine Mühe leise zu sein, obwohl in der Nähe bestimmt einige Kameraden schliefen.

Die drei Milchdosen, die sich in Jikals Bauch drückten, verursachten einen höllischen Schmerz. Vorsichtig zog er die Hände unter sich und drückte sich nur eine Winzigkeit in die Höhe. Trotzdem raschelte die Plane.

»Ha! Mäuse!«, dröhnte eine Stimme über ihm und ein Tritt fuhr knapp hinter Jikals Füßen in die Plane, sodass sie sich bauschte. Für einen Moment konnte Jikal die Stiefel der Männer sehen. Er biss die Zähne zusammen, schloss die Augen und wartete mit pochendem Herzen auf den nächsten Tritt, der ihn entweder treffen oder die Plane von ihm herunterreißen würde. Der Schweiß rann ihm von den Schläfen vor Anspannung, seine Armmuskeln verkrampften sich, er hielt vor Angst die Luft an.

Aber nichts geschah.

»Mistviecher«, brummte die Stimme von eben nur ärgerlich. »Man erwischt sie *nie!*« Dann schabten wieder Stiefel über den harten Boden und die Soldaten unterhielten sich weiter.

Wie lange wollten die Kerle da bloß rumstehen? Lange konnte Jikal das nicht mehr aushalten. Nase und Mund waren voller Staub. Der Niesreiz wurde fast übermächtig und die Armmuskeln begannen unter dem Gewicht seines Oberkörpers zu zittern.

»Wir könnten ein wenig würfeln«, meinte einer der Männer. »Dann könnt ihr bei mir trinken. Ich hab noch Bier im Zelt!«

»Teures Bier, weil du beim Würfeln immer gewinnst!«, lachte ein anderer Soldat.

»Letztes Mal hab ich dreihundert verloren«, verteidigte der erste Sprecher sich.

»Und achthundert gewonnen!«, ergänzte eine neue Stimme.

Jikal konnte nicht mehr! Seine Armmuskeln schmerzten und bebten vor Überanstrengung. In wenigen Augenblicken würden seine Arme nachgeben. Und dann würden die Männer ihn hören ...

»Nun kommt schon!«, drängte der Mann, der die anderen zum Würfeln überreden wollte. »Ihr braucht ja nicht um Geld zu spielen, wenn ihr nicht wollt.«

»Na gut«, stimmte jemand zu. »Vielleicht riskier ich ja doch noch ein Sümmchen.«

Erleichtert hörte Jikal, wie die Soldaten langsam davonschlurften, und ließ sich mit einem leisen Aufstöhnen ein wenig durchsacken. Die kantigen Dosen bohrten sich wieder in seinen Körper, aber gegen die Krämpfe in den Armen war das gar nichts.

Ein paar Augenblicke lang blieb Jikal noch ruhig liegen, und erst als er nichts mehr hörte, schob er sich langsam unter der Plane hervor. Vorsichtig richtete er sich auf.

»Was hast du da?«

Die Stimme hinter ihm war nur ein Wispern gewesen, aber Jikal schrak zusammen, als hätte man ihn angebrüllt. Er warf sich herum und die Konservendosen in seinem Hemd klapperten.

»Crissie!«, zischte er wütend, als er die schmale Gestalt, die leicht geduckt hinter der Kiste stand, erkannte. »Was machst *du* denn hier?«

»Was hast du da?« Crissie ließ sich auf nichts ein. Sie war im Camp eine Nachbarin von Jikal und er mochte sie nicht besonders. Sie war ebenfalls dreizehn, ziemlich frech und für ihr Alter klein und dünn.

»Was soll ich denn wohl haben?«, fragte er unschuldig und hob beide Hände seitlich vom Körper weg, sodass Crissie genau sehen konnte, dass sie leer waren. »Nichts! Das siehst du doch!«

»Dein Bauch klappert«, stellte Crissie ungerührt fest. »Gib mir was ab!«

Crissie war mit ihren Großeltern hier, und den alten Leuten ging es schlecht; trotzdem musste er zuerst an Sunny denken. »Ich hab nichts! Verschwinde!«, zischte er Crissie zu, drehte sich abrupt von ihr weg und wollte gehen.

»Gib mir was ab oder ich schreie!«

Jikal blieb stehen. Dieses kleine Scheusal brachte es tatsächlich fertig und schrie das ganze Lager zusammen! Also musste er ihr wohl oder übel eine der Dosen abtreten.

Plötzlich war Crissie vor ihm und ihr kleines, schlaues Gesicht schaute ihn von unten herauf an. »Nun?«, fragte sie mit einem boshaften Lächeln.

Jikal hätte sie anbrüllen mögen vor Wut, aber dann griff er in sein Hemd, zog vorsichtig eine der Dosen heraus und hielt sie Crissie hin.

»Gut!« Crissie nahm die Dose und nickte zufrieden. »Und jetzt zieh dein Hemd aus und leg es auf den Boden!« Crissie kniete sich hin und war in der Dunkelheit kaum noch zu erkennen.

Was sollte das nun wieder?

»Nun mach schon!«, drängte Crissie flüsternd. »Oder willst du keinen Reis?«

»Reis?« Jikal ließ sich zögernd auf die Knie gleiten und sah Crissie misstrauisch an. Jetzt erst bemerkte er, dass sie ihr T-Shirt vorne zusammengerafft hatte und den Rand mit einer Hand hoch hielt. Darunter zeichnete sich ein dicker Wulst ab. Wenn das alles Reis war, dann mussten es wenigstens zehn Hand voll sein! Schnell stellte Jikal die beiden restlichen Dosen auf die Erde, streifte sein Hemd ab und breitete es vor Crissie aus. Wortlos beugte sie sich vor, zog mit der freien Hand den Rand des T-Shirts nach unten und ließ gut drei Hand voll Reis darauf rinnen.

»Wo – wo hast du das her?«

»Ich war auch in dem Zelt! Du hast mich nicht bemerkt, stimmt's? Und dann war ich die ganze Zeit hinter dir.«

Jikal antwortete nicht. Er ärgerte sich, dass er beobachtet worden war, ohne etwas davon gemerkt zu haben. Dabei war er doch so geschickt vorgegangen! Beschämt stellte er die Dosen zu dem Reis auf das Hemd, nahm dann die Zipfel zusammen und hob den so entstandenen Beutel auf. »Danke«, brummte er verlegen, aber als er aufsah, war da niemand mehr. Nur das ruhige Atmen der Schlafenden drang durch die Schwärze über dem Lager. Crissie war aufgetaucht und verschwunden wie ein kleiner, dünner Dämon der Nacht.

Kurze Zeit später war Jikal wieder im Flüchtlings-camp beim Schlafplatz der Familie. Seine Mutter und Sunny schliefen fest, aber Joel, Jikals kleiner Bruder, setzte sich auf, als er die leisen Schritte hörte.

»Wo warst du? Warum hast du denn dein Hemd nicht an? Hast du was zu essen?«, fragte er laut.

Aus dem Deckenlager nebenan kam ein unwilliges Grunzen und jemand hustete unterdrückt.

»Leg dich hin und schlaf!« Jikal hätte Joel ja gerne gesagt, dass es schon am Morgen eine Mahlzeit geben würde, aber dann hätte der Kleine vor Aufregung bestimmt kein Auge mehr zugetan. Außerdem hörten im Moment bestimmt einige Leute mit, die ebenfalls vor Hunger nicht schlafen konnten ...

Vorsichtig ließ Jikal seine Beute zu Boden gleiten. Er faltete das Hemd so, dass auch nicht ein einziges Reis-korn verloren gehen konnte, dann schob er sich das Bündel unter den Kopf. Darauf zu liegen war ziemlich unbequem, aber nur auf diese Weise konnte er einiger-maßen sicher sein, dass es am Morgen noch da war.

Das Team

Wilken ließ den dunkelgrünen Audi A3 mit sechzig Meilen in der Stunde über den Motorway 4 in Richtung London schnurren. Links der Autobahn lag Reading unter einem blaugrauen Smoghimmel. Noch eine knappe Stunde bis nach Hause! Walter van Kamp, der Organisator des Teams, hatte Wilken für ein paar Tage freigegeben, und er hatte die Zeit genutzt, um eine alte Freundin in Cardiff zu besuchen, die bei der dortigen Lokalzeitung arbeitete.

Eigentlich hätten es ein paar ruhige Tage werden sollen, aber Maggie, so hieß die Journalistin, arbeitete gerade an einer Story über eine Firma, die mit einer Flotte von Tankwagen illegal Industriegifte in den River Taff einleitete, und so war sein Besuch bei ihr alles andere als geruhsam verlaufen. Sie hatten die Einfahrt des Firmengeländes überwacht, die Tankwagen verfolgt, waren über Zäune geklettert und hatten Wachposten überlistet. Wilken hatte mit Maggies Kamera am Flussufer ganz dicht an der Giftbrühe gestanden und Maggie selbst wäre beim Probenziehen beinah noch hineingefallen. Der Aufwand hatte sich aber gelohnt. Die Story war erschienen und sie war sogar von einigen überregionalen Zeitungen übernommen worden, was bedeutete, dass der Firma ein für alle Mal das Handwerk gelegt war. Nur – mit Urlaub und Erholung hatte das alles überhaupt nichts zu tun gehabt!

Wilkens A3 zog eine lange Steigung hinauf, ohne dass die Nadel des Drehzahlmessers auch nur um einen einzigen Strich zurückgegangen wäre. Der Motor unter der kurzen Haube wurde von gleich zwei Turboladern unter Druck gesetzt und leistete über 270 PS. Zusammen mit dem Allradantrieb garantierte er, dass es in puncto Beschleunigung kaum ein anderes Serienfahrzeug mit dem kleinen Wagen aufnehmen konnte. Um der Sache die Krone aufzusetzen, hatte Wilken die schmalsten zulässigen Reifen und eine 1,6-Liter-Plakette montieren lassen. Diesem Auto schaute *niemand* hinterher und es hatte damit *die* Eigenschaft, die das Auto eines Geheimagenten vor allen Dingen braucht: Es war absolut unauffällig.

Hinter Reading bog Wilken auf die M 329 ab, um dann auf der A 329 über Bracknell und Ascot nach Melling zu fahren, wo das Haus des Teams lag.

Ein dezentes Summen und das Blinken einer Leuchtdiode signalisierten Wilken, dass Messie, der Zentralcomputer der *International Benefit Foundation,* etwas von ihm wollte. Mit einem Fingertipp gab er die Sprachausgabe frei.

»Ist es dir auf der Autobahn zu langweilig, Schatz?«, fragte eine weibliche Stimme aus dem Armaturenbrett.

»Ja!«, brummte Wilken. »Und nenn mich nicht Schatz!« Mit Schaudern dachte er daran, wie es wohl sein würde, wenn eines Tages alle Autos so klug daher-

20

schwätzten wie dieser Audi, der ununterbrochen mit einem der größten Computersysteme der Welt in Verbindung stand.

Wilken hatte mit Messie so seine speziellen Probleme: Sie mochte ihn, sie wollte sein Bestes, sie liebte ihn geradezu, aber sie mischte sich – verdammt noch mal – in alle seine Angelegenheiten ein! Nicht genug damit, dass sie dauernd in seinem Handy herumspukte, sie meinte ihn auch noch ständig über den Autolautsprecher mit Fahrtipps versorgen zu müssen.

»Aber Liebling!« Die Stimme des Computers klang gekränkt. »Ich wollte dir doch nur sagen, dass du meiner Berechnung nach auf dieser Strecke zweiunddreißig Komma sieben drei vier Minuten länger unterwegs bist!«

»Ich hab Zeit. Kümmer dich nicht um mich, lass nächstes Mal die Kommastellen weg und nenn mich nicht Liebling!«

»Aber Schnucki ...«

»*Keine Kosenamen!*«

»Agent Wilken!«, schnarrte eine Computerstimme in schmerzhafter Lautstärke aus dem Lautsprecher. »Ihr Benehmen gegenüber einer Dame lässt doch sehr zu wünschen übrig!«

»Messie, lass den Quatsch! Ab sofort nur noch Notrufe auf die Sprachausgabe!«

»Aber das *ist* ein Notruf, Schatz!«, sagte eine flehende Frauenstimme.

»Was?« Wilken war sofort hellwach.

»Ja, von mir! Mir ist langweilig!«

Wilken griff ans Armaturenbrett und legte den

Hauptschalter um. Messies Verbindung zur Sprachausgabe des Audi war somit unterbrochen.

Keine Sekunde später klingelte das Telefon.

»Entschuldigung!«, kam eine kleinlaute Mädchenstimme aus der Freisprechanlage. »Ich habe lange nachgedacht und ich glaube, *ich* habe mich falsch benommen!«

»*Wie* lange hast du nachgedacht?«, fragte Wilken bissig. »Sieben Nanosekunden?«

»Nein, nur vier! – Du überschätzt dich, *Schatz!*«, kam es kühl zurück, und dann hörte Wilken nur noch das Knacken des Lautsprechers, als Messie ihrerseits die Verbindung unterbrach.

Als der A3 auf den Hof rollte, trat Wilken scharf auf die Bremse. Mit quietschenden Reifen kam der Wagen zum Stehen und Wilken starrte ungläubig auf das Schauspiel, das sich ihm durch die Windschutzscheibe bot. Bones, der große Hund, von dem niemand so recht wusste, wem er eigentlich gehörte, kam in vollem Lauf aus dem Portal der Villa gejagt und Django, sein kurzbeiniger Kamerad, folgte ihm dicht auf den Fersen. Hinter den beiden schoss laut brüllend François Brunél, der Techniker des Teams, aus dem Haus, wobei er ein langes Küchenmesser in der hoch erhobenen Hand schwang.

»Hallo, Alex!«, schrie er quer über den Hof, als er den Audi sah, und rannte – oder vielmehr stolperte – in vollem Tempo den beiden Hunden nach, weil sich die lange weiße Küchenschürze in seinen Beinen verhedderte.

»Hallo, François!« Wilken stellte den Motor ab und stieg aus. Die Hunde hatten inzwischen das Garagengebäude erreicht und schlangen hastig etwas herunter, während der kleine rothaarige Brunél sich ihnen drohend näherte.

»Geh schon mal rein, Alex, ich mach uns gerade was zu essen!«, rief er Wilken über die Schulter zu.

»Da hast du wohl was falsch verstanden.« Wilken sah fragend von Brunél zu Django und dann auf Brunéls Messer. »Hundefutter macht man *für* Hunde, nicht *aus* ihnen!«

»Red keinen Blödsinn!« Brunél gab sich geschlagen. Er ließ das Messer sinken und machte kehrt. »Ich zaubere uns 'ne Gemüsepfanne und die Biester haben mir gerade den Schinken geklaut!«

»Nimm's leicht«, meinte Wilken gleichmütig. »Wie ich dich kenne, schmeckt das Zeug auch so! – Was ist denn alles drin?«

»Alles, was gut schmeckt!«, behauptete Brunél. »Massenhaft Zwiebeln, Tomate, Gurke, Paprika in allen Farben. Ich hab mich sofort ans Werk gemacht, als Messie dich angemeldet hat – und dann das!« Anklagend sah er auf Django, der gerade das letzte Stück Schinken verschlang.

»Man soll ja gar nicht so viel Fleisch essen.« Wilken klopfte seinem Freund begütigend auf die Schulter. »Ist überhaupt nicht gesund!«

»Schmeckt aber besser«, maulte François und warf den Hunden einen letzten, schiefen Blick zu. »Na ja, wahrscheinlich hast du Recht!«

»Fiona ist wieder unterwegs?« Wilken konnte den alten Kombi seiner Kollegin nirgends entdecken.

»Ist vor zwei Stunden in Richtung Schweden gestartet. Walter hatte 'ne Expressfracht nach Göteborg.«

»Der kann aber auch nie genug kriegen!«

»Ach, Fiona fliegt doch gern«, meinte Brunél. »Komm mit in die Küche!«

In der Küche stellte Brunél den Stuhl wieder auf, den Django und Bones bei ihrem Alarmstart umgerissen hatten, wusch sich die Hände und machte sich daran, eine Schlangengurke in kleine Würfel zu schneiden. Dann warf er fast ein halbes Pfund bereits gehackter Zwiebeln in die riesige Bratpfanne, in der das Fett bereits brutzelte. Es gab ein zischendes Geräusch und eine Dampfwolke stieg hoch.

Wilken setzte sich an den Tisch. »Wer kommt denn noch alles?«, fragte er, als er die Berge von Zutaten sah, die ebenfalls noch in die Pfanne wandern sollten.

»Niemand«, sagte Brunél, während er heftig in den Zwiebeln rührte. »Das wird 'ne Dreierparty. Nur du und ich und diese Pfanne.«

»Das schaffen wir nie!«

»'türlich schaffen wir das«, meinte Brunél und warf die Paprikaschnitzen dazu. »Ist doch nur Gemüse! – Und danach gehen wir auf den Tennisplatz. Nach deinem Urlaub musst du dringend wieder aufgebaut werden. Vermutlich hast du die ganze Woche nur faul herumgelegen und einen Hamburger nach dem anderen verdrückt. Was du jetzt brauchst, sind Vitamine und Sport!«

»Was ich brauche, ist Ruhe und Erholung«, stellte Wilken sachlich fest und erzählte in kurzen Worten, wie sein Urlaub verlaufen war. »Zeitweise kam ich mir schon vor wie der Held in einem Computerspiel!«, beendete er seinen Bericht. »Die ganze Zeit nur rennen und springen!«

»Aber wenigstens nicht schießen!« Brunél gab Salz und Pfeffer zu, schlug zum Abschluss drei Eier über das Gemüse und rührte das Ganze um. »Hol doch schon mal die Teller!«

Wilken stand auf und entdeckte Hazel, Fionas schwarzbraune Katze, die gerade hereinkam. »Zu spät!«, erklärte er dem Tier. »Der Schinken ist schon weg!«

Ein Lichtreflex blitzte durch das Fenster und draußen klang Motorengeräusch auf. Brunél ließ die Pfanne für einen Moment im Stich und sah nach, wer das war. »Bring noch einen Teller mehr mit!«, rief er Wilken zu. »Es gibt Leute, die merken doch immer rechtzeitig, wenn das Essen fertig ist.«

»Walter?«, fragte Wilken, aber es war eher wie eine Bestätigung, denn er hatte van Kamps alten Volvo schon an dem etwas nagelnden Motor erkannt.

»'türlich!« Brunél zog die Pfanne vom Herd und begann das Essen auf die drei Teller zu verteilen, während Wilken das Besteck auflegte. Es war immer noch überreichlich!

»Essen kommen!«, schrie er in voller Lautstärke in den Flur, als er van Kamps Schritte hörte.

»Hallo, Leute! Das nenn ich mal einen netten Empfang!« Van Kamp blieb für einen Moment in der Tür stehen. »Hallo, Alex«, begrüßte er Wilken. »Schön, dass du wieder da bist! – Hier riecht's aber gut!«

Dass Walter van Kamp sehr viel von gutem Essen hielt, konnte jeder, der ihn sah, sofort erkennen. Alles an ihm wirkte irgendwie rund und gemütlich und oft nannte ihn das Team deshalb liebevoll »den Dicken«. Was man aber *nicht* sofort bemerkte, war, dass sich hinter der harmlos und unauffällig wirkenden Fassade ein gut trainierter Körper und ein noch besser trainierter Verstand verbargen. Van Kamp war mit seinen vierunddreißig Jahren und einhundert Kilo durchaus in der Lage, im Sport gegen weit Jüngere zu bestehen; aber das war es nicht allein, was ihn für das Team so wertvoll machte. Van Kamp verfügte über ein fotografisches Gedächtnis. Was immer er jemals gelesen, gehört oder selbst erlebt hatte, konnte er sich in Sekundenschnelle wieder vor Augen führen. Er war im wahrsten Sinne des Wortes eine wandelnde Datenbank, und das machte ihn zum Organisator der I.B.F.-Niederlassung London. Van Kamp war der Chef, ob die anderen es nun wahrhaben wollten oder nicht; aber er war auch der beste Kollege, den Fiona, François und Alex sich wünschen konnten, und er hatte die drei schon manches Mal aus den vertracktesten Situationen gerettet.

Im Moment hatte der Chef Hunger und war hocherfreut, dass er sich nicht selbst etwas zubereiten musste. »Sieht gut aus!«, stellte er fest, als er sich vor den dampfenden Teller setzte.

»Filet von Paprika an jungen Zwiebelspitzen, mit Gemüse der Saison frittiert!«, äffte Brunél die Redeweise eines Kellners in einem Nobelrestaurant nach. »Schmeckt lecker und macht nicht fett.«

»Und zum Nachtisch gibt es wohl eine Komposition exotischer Früchte, liebevoll in ein Mäntelchen aus feinstem Blech gelötet?«, vermutete van Kamp mit einem misstrauischen Seitenblick auf die Dose Fruchtcocktail, die schon auf der Anrichte bereitstand.

»Genau!«, bestätigte Brunél. »Desgleichen eine erlesene Spezialität des Hauses! – Guten Appetit!«

Van Kamp grinste und wandte sich dann Wilken zu. »Na, wie war dein Urlaub? Bestimmt hast du nur gefaulenzt und dich prächtig erholt!«

Rätsel um Segou

Nach dem Essen zog van Kamp eine seiner berüchtigten Zigarren aus dem Etui, das er immer in der Brusttasche trug, und bewirkte damit, dass François und Alex den Raum fluchtartig verließen. Wenn er schon in der engen Küche rumpesten musste, dann konnte er auch die Spülmaschine allein einräumen!

Die beiden gingen ins Wohnzimmer und machten es sich auf dem großen Sofa bequem. Sofort sprang Hazel Wilken mit einem maunzenden Freudenschrei auf den Schoß. Sie durfte nicht auf die Möbel, darum war es ihr allergrößtes Vergnügen, sich auf einem Menschen herumzulümmeln. Liebevoll rieb sie ihr Köpfchen an Wilkens Brust und hinterließ eine dunkle Spur fusseliger Haare auf seinem weißen T-Shirt.

»Na, was spricht man so in I.B.F.-Kreisen? Hab ich was verpasst?«, wollte Wilken wissen, als van Kamp aus der Küche kam und sich zu ihnen setzte.

»Ach, hier war es ziemlich ruhig, außer dass François fast die Garage abgefackelt hätte, als er mit seinen neuen Blendgranaten experimentiert hat.«

»Im Scheckkartenformat!«, sagte François stolz. »Entwickeln innerhalb einer Millisekunde eine enorme Wirkung! Zeig ich dir nachher mal.«

»Werd ich danach noch sehen können?«

»Aber ja doch«, meinte François unbekümmert. »Der Blendeffekt lässt innerhalb von zehn Sekunden nach.«

Wilken warf Brunél einen skeptischen Blick zu und wechselte das Thema. »Die Reimanns sind gut nach Hause gekommen, nehme ich an?«

»Alles bestens«, berichtete van Kamp. »In deinem Zimmer liegt übrigens ein Brief von Jonas! In Sachen Gretchen hat sich noch nichts entschieden. Man wird wohl die Straftaten aus allen Ländern zusammenziehen und sie in Jamaika vor Gericht stellen.«

Wilken nickte. Er hatte die Bankräuberin und Piratin, die Reimanns Notebook entwendet hatte, mit Fiona und François zusammen durch die ganze Karibik verfolgt. Sie hatte auf ihrer Flucht vier Boote gestohlen, zwei davon schwer beschädigt und eines sogar ganz versenkt. Die Strafe würde wohl nicht allzu milde ausfallen.*

»Das Team aus Rio hatte einen schönen Erfolg zu verbuchen«, erzählte van Kamp weiter. »Die Schieberei mit den Blutkonserven ist endlich aufgedeckt. Hat einen ganzen Monat gedauert, aber jetzt haben sie die Beweise zusammen.«

Das war mal eine wirklich gute Nachricht! Wilken nickte zufrieden. Dafür war die *International Benefit Foundation* schließlich da: um solchen Leuten das Handwerk zu legen, die aus Gewinnsucht der Allgemeinheit

---

* Dieser Fall wird erzählt in: *Das Team - Die Karibik Piraten*

schadeten. Und das hier war ein ziemlich krasser Fall gewesen. Das Gesundheitsministerium eines kleinen südamerikanischen Landes hatte die Bevölkerung immer wieder zum Blutspenden aufgerufen und die Blutkonserven dann für harte Dollars ins Ausland verkauft. Das Ganze war Messie bei einer Routineüberwachung aufgefallen, als ein Schulbus verunglückte und im ganzen Land keine Blutkonserven aufzutreiben gewesen waren, obwohl monatelang fleißig gespendet worden war. Der I.B.F.-Computer hatte augenblicklich Alarm geschlagen und das Team aus Rio de Janeiro war sofort mit der Recherche beauftragt worden. Mit Erfolg, wie man sah!

Die drei redeten noch knapp eine halbe Stunde über I.B.F.-Belange, bis Wilken in allen Dingen wieder auf dem neuesten Stand war. Als sie alles besprochen hatten, zog van Kamp sich in sein Archiv zurück, das er sich im Keller der Villa eingerichtet hatte. Dieser große Kellerraum, auch der »Kerker« genannt, war die Schaltzentrale des Londoner Teams. Innerhalb weniger Jahre hatte van Kamp ihn mit Nachschlagewerken und Fachzeitschriften aller Art dermaßen voll gestopft, dass die deckenhohen Stahlregale die Papierflut kaum noch zu fassen vermochten. Außerdem standen auf der Tischtennisplatte, die van Kamp sich als Schreibtisch eingerichtet hatte, die Bildschirme der drei Computer, mit denen er ständig Verbindung zu allen Teilen der Welt und zur Zentrale der *Foundation* hielt.

Als van Kamps Schritte auf der Kellertreppe verhallt waren, konnte davon ausgegangen werden, dass er in den nächsten Stunden nicht wieder zum Vorschein kommen würde. Wenn er erst mal zwischen seinen Computern und den neuen Zeitschriften saß, die heute mit der Post gekommen waren, interessierte ihn nichts anderes mehr.

»Kommst du jetzt mit in die Werkstatt?«, fragte Brunél und strahlte erwartungsvoll.

»Die neuen Blendgranaten?« Wilken ahnte Übles.

»Su-per-stark!«, schwärmte Brunél. »Wenn ich eine hinter mir zünde, kannst du meine Knochen durchschimmern sehen!«

»Dann geh ich besser erst mal meine Post lesen, solange ich die Buchstaben noch erkennen kann!« Brunéls Experimente hatten es leider so an sich, dass sie manchmal ein wenig außer Kontrolle gerieten.

»Sei nicht albern!« Brunél schien gekränkt. »Es kann überhaupt nichts passieren!«

Beinah hätte ihm Wilken geglaubt, aber er erinnerte sich nur allzu gut, wie ihm das von Brunél aufgemotzte Su-per-Handy mit den Su-per-Akkus und der Su-per-Sendeleistung förmlich in der Hand verdampft war, als er probeweise den Pizza-Service damit hatte anrufen wollen.

»Ich komme gleich nach«, versprach er Brunél. »Ich möchte wirklich meine Post durchsehen.«

»Gut«, sagte Brunél, »dann bis gleich! – Ach, aber schau dich bitte gut um, wenn du dann über den Hof gehst, und merk dir genau, wo alles steht – damit du danach auch wieder problemlos zurückfindest!«

»Wie bitte?«

»War nur ein Scherz!«, versicherte Brunél eilig. »Du

kennst doch meine Devise: Lieber 'nen guten Freund verlieren als 'n schlechten Gag!«

Wilken stöhnte unterdrückt und ging auf sein Zimmer. Manchmal konnte François wirklich nerven!

»Das hier ist eine ganz normale Scheckkarte in einer ganz normalen Hartplastikhülle«, behauptete Brunél und hielt Wilken ein Plastikrechteck entgegen, das tatsächlich wie eine harmlose Kreditkartenhülle aussah.

»Hm!« Wilken kniff vorsichtshalber schon mal die Augenlider ein wenig zusammen.

»Nimm sie in die Hand und zieh die Karte raus!«

Wilken zögerte. »Und was passiert dann?«

»Gar nix«, versicherte Brunél. »Sei nicht so feige!«

Vorsichtig nahm Wilken die Hülle in die Hand und zog die Karte mit spitzen Fingern heraus. Es war eine ganz normale Kreditkarte, allerdings von einem Kreditinstitut, dessen Namen Wilken nie im Leben gehört hatte, und vielleicht war sie eine Winzigkeit dicker als die normalen Fabrikate.

»Siehst du den Pfeil?«

Wilken nickte. Unter dem Namen der Bank war ein Pfeil aufgedruckt, der kennzeichnete, mit welcher Seite die Karte in ein Lesegerät einzuführen sei.

»Wenn du die Karte in Pfeilrichtung in die Hülle zurückschiebst, passiert überhaupt nichts«, erklärte Brunél weiter. »Drückst du sie aber ziemlich fest andersherum rein, hast du exakt fünf Sekunden später das schönste Feuerwerk!«

»Die Karte ist also die eine Komponente und die Hülle

die andere«, folgerte Wilken. »Wird dann die dritte Komponente am Ende der Hülle zerquetscht, reagieren die beiden Stoffe miteinander, und zwar heftig!«

»Bingo!«, nickte Brunél. »Offensichtlich hast du in Chemie gut aufgepasst. Der besondere Trick ist, dass die Karte und die Innenseite der Hülle eine hauchdünne Schutzschicht haben, damit die Stoffe sich nicht berühren. Das ist nur möglich, wenn man die Karte umdreht.«

»Raffiniert!«, musste Wilken zugeben. »Knallt es, wenn das Ding zündet?«

»Überhaupt nicht! Es macht nur *Wwuusch!*«

»Brandgefahr?« Wilken hatte van Kamps Worte noch im Ohr.

»Jetzt nicht mehr. Hab ich natürlich sofort verbessert!«

»Na, denn!« Wilken zog die Karte heraus und schob sie falsch herum ein Stück weit in die Hülle zurück. »Wohin damit?«

»Wohin du willst!«

»Unter deine Yamaha!« Wilken nickte in Richtung von Brunéls Geländemotorrad, das an der Garagenwand stand.

»Meinetwegen.«

Das überzeugte Wilken. Wenn Brunél keine Angst um sein geliebtes Motorrad hatte, dann musste er sich seiner Sache schon sehr sicher sein.

»Schau besser nicht direkt rein und dreh dich weg!«, sagte Brunél noch, dann schob Wilken die Karte mit festem Druck in die Hülle, warf sie mitten in die Garage, wandte sich ab und zählte langsam bis fünf. Trotzdem erwischte ihn der Blitz so stark, wie er es nie für möglich gehalten hätte! Grellweiß flammte die Garagenwand vor ihm auf und noch Sekunden später geisterte nur sein eigener Schatten wie ein grell leuchtendes Phantom in tiefschwarzer Nacht vor seinen Augen. Langsam wurde es wieder heller und Wilken griff nach der Werkbank, um sich einen Moment lang festzuhalten.

»Toll, was?«, freute sich Brunél. »Wenn wir die Dinger schon im Lagerschuppen in Montego Bay gehabt hätten, wäre die ganze Aktion viel ungefährlicher gewesen!«

»Allerdings!«, bestätigte Wilken. Mittlerweile hatten seine Augen sich von dem Schock erholt, aber er war mindestens zehn Sekunden lang außer Gefecht gewesen, und das, obwohl er darauf vorbereitet gewesen war und nicht direkt in das Licht gesehen hatte.

»Und? Hast du gehört? Su-per-leise!« Brunél war vor Stolz und Freude ganz aufgeregt.

Wilken ging zu der Stelle, an der die Karte hochgegangen sein musste. Auf dem Betonboden war nicht die geringste Spur zu erkennen – sie hatte sich vollständig in Luft aufgelöst. »Toll! Wann krieg ich meine?«

»Ich hab schon gedacht, du würdest nie fragen!« Brunél wieselte zur Werkbank, zog eine der vielen Schubladen auf und nahm vier Kartenhüllen heraus. »Walter, Fiona, meine«, murmelte er prüfend vor sich hin. »Hier, die ist für dich.«

Wilken zog die Karte aus dem Etui und betrachtete sie eingehend. Auch sie sah aus wie eine ganz normale

Kreditkarte und es war sogar sein Name aufgedruckt. Die Tarnung war wirklich perfekt: Kein Zöllner und kein Polizist würden je vermuten, dass es sich dabei um so etwas wie eine Waffe handelte.

Van Kamp saß in seinem Keller und las in der neuesten Ausgabe eines Fachmagazins für Wasserwirtschaft und Kulturbau. Alle drei Bildschirme waren eingeschaltet und ab und zu glich er die Fakten aus dem Artikel über die Spracheingabe mit Messie ab. Die rote Leuchtdiode über dem mittleren der Bildschirme zeigte, dass Messie jedes Wort und jede Bewegung im Raum registrierte.

Es klopfte.

»Herein!« Van Kamp legte die Zeitschrift zur Seite und sah seinen beiden Kollegen entgegen. »Ist es euch langweilig? Sucht ihr Arbeit?«

»Hast du hohe Wahrscheinlichkeiten für einen Einsatz?« Wilken sah auf den mittleren der Bildschirme, der im Moment aber nur das I.B.F.-Logo zeigte.

»Nicht über fünfundsechzig Prozent.« Van Kamp gab einige Befehle über die Tastatur ein und eine Tabelle baute sich auf. »In Westafrika könnte sich etwas entwickeln. Regional begrenzter Konflikt. Provinz Okanga. Dort befindet sich Camp Segou, ein Flüchtlingslager. Nach Aussage der Provinzregierung von Okanga sitzen dort über tausend Flüchtlinge, die vor militärischen Übergriffen aus ihrer Heimat geflohen sind, in der Savanne fest, und zwar ohne Versorgung. Deshalb werden internationale Hilfsgüter geliefert.«

»Ja und?«, schaltete Brunél sich ein.

»*Das*«, erklärte van Kamp und warf ihm einen bedeutungsvollen Blick zu, »ist die offizielle Darstellung der Regierung. Eine Ärztin im Camp, die selbst zu den Flüchtlingen gehört, behauptet aber, dass im Lager ein absoluter Versorgungsnotstand herrscht. Nur kann das leider keiner überprüfen, denn die Armee lässt niemanden in das Gebiet, weil es angeblich zu gefährlich ist.«

Wilken nickte verstehend. »Also nimmt die Armee die Hilfslieferungen für tausend Leute in Empfang, die noch kein neutraler Beobachter gesehen hat.«

»So ist es!«, bestätigte van Kamp. »Kein Mensch weiß, wie viele Flüchtlinge sich wirklich dort befinden und wo die Armee die Lebensmittel hinbringt. Die Ärztin in Segou hat ein illegales Funkgerät und übermittelt Zustandsberichte, die das Schlimmste befürchten lassen. Da ist aber seltsamerweise nur von etwa fünfhundert Flüchtlingen die Rede. Messie hat mitgehört und hält die Angaben für ziemlich glaubwürdig, aber sie will erst sichergehen, dass das nicht nur Panikmache und Wichtigtuerei ist. Aber wer weiß – möglicherweise haben es die Flüchtlinge dort auch nicht sehr viel besser erwischt als in ihrer alten Heimat, denn auch Okanga hat eine Militärregierung. Und Tatsache ist, dass sich dort unten verschiedene Rebellenverbände gebildet haben. Der reinste Hexenkessel die ganze Gegend.«

»Und das Camp liegt mittendrin«, vermutete Wilken.

»Genau.«

In diesem Moment blinkte die Fünfundsechzig vor den Worten »Camp Segou« ein paar Mal auf und wurde dann zur Siebzig. Gleichzeitig ertönte ein kurzes Piepen.

»Na, da braut sich ja ganz schön was zusammen!«, meinte Brunél. »Wann hat es angefangen?«

»Gestern Morgen mit dreiunddreißig Prozent«, gab van Kamp Auskunft. »Habt ihr heute noch was vor?« Er blickte fragend in die Runde. »Möglich, dass wir bald einen Einsatzbefehl erhalten!«

»Ich werde wohl früh schlafen gehen!«, meinte Wilken.

»Ich auch!« Brunél nickte. »Wann kommt Fiona aus Göteborg zurück?«

Van Kamp sah auf den rechten Bildschirm. »Ist schon auf dem Rückflug und müsste in knapp drei Stunden hier sein.«

»Dann wollen wir mal hoffen, dass es nicht vor morgen früh losgeht!«, meinte Brunél und stand auf. »Wenn sie nicht ausgeschlafen hat, ist sie unleidlich!« Und mit einem allgemeinen »Gute Nacht!« war er auch schon verschwunden.

Als auch Wilken aufstehen wollte, hielt van Kamp ihn zurück. »Alex, die Sache da unten könnte ganz schön gefährlich für euch werden.«

Wilken zuckte die Schultern. »Ich denke mal, nicht mehr als jeder andere Einsatz auch.«

»Hoffen wir's, Alex. Mit dem Militär dort ist nicht zu spaßen«, sagte van Kamp und seine Stimme klang ernst.

Als Wilken den Raum verließ, sprang die Anzeige auf fünfundsiebzig Prozent.

Das Urteil

Jikals Mutter glaubte, dass Stehlen Sünde sei, und eigentlich dachte Jikal das auch – aber andererseits wäre es doch eine noch viel größere Sünde gewesen, im Angesicht wohl gefüllter Proviantzelte zu verhungern. Wenn überhaupt Lebensmittel gebracht wurden, erhielten die Flüchtlinge nur den kleinsten Teil. Im Flüchtlingslager Segou lebten über fünfhundert Menschen und alle hatten Hunger. Die Soldaten waren allesamt Diebe, weil sie die ohnehin schon dürftigen Rationen für die Flüchtlinge für sich selbst behielten. Also zeigte Jikal seiner Mutter am nächsten Morgen ohne sonderlich schlechtes Gewissen, was er in der Nacht erbeutet hatte.

»Du hast gelogen!«, rief der achtjährige Joel anklagend, als er die Milchdosen und den Reis sah. »Du hast gesagt, du hast nichts!«

»Ich habe nur gesagt, dass du schlafen sollst!«, stellte Jikal klar. »Hol uns jetzt Wasser! Aber verplapper dich nicht – das ist *unser* Reis!«

Mit ärgerlichem Gesicht und leise vor sich hin brummelnd schnappte Joel sich die Kürbisschale und trabte eilig in Richtung der Wasserstelle los.

»Wo hast du die Sachen her?«, wollte Jikals Mutter

wissen. Sie hielt die Zipfel des Hemdes hoch, sodass niemand sonst die darin liegenden Schätze sehen konnte. Einige der Nachbarn waren ebenfalls schon aufgewacht und schauten neugierig herüber.

»Hat mir ein Soldat geschenkt«, log Jikal und kramte nach seinem Messer, um die Dosen zu öffnen.

»So?« Es war klar, dass die Mutter ihm nicht glaubte.

Jikal sah zu Boden. Er war es einfach nicht gewohnt, seine Mutter zu belügen.

Auch Sunny war aufgewacht und hatte sich auf ihrer Decke, die am Boden lag, aufgesetzt. Obwohl sie seit Tagen schon krank war, lächelte sie ihrer Mutter und Jikal zu. Sie war immer ein hübsches Kind gewesen, aber jetzt begann sie langsam dünner zu werden und ihre Haut war matt vom Staub. Das Schlimmste aber waren ihre Augen, die früher so groß gewesen waren, dass sie das ganze Gesicht beherrschten. Jetzt waren sie verschwollen und ständig liefen Tränen über Sunnys Gesicht. Sie weinte nicht – es kam von dieser Krankheit, an der hier so viele Kinder litten.

Aber vielleicht würde es Sunny ja bald besser gehen! Jikal wusste, dass er richtig gehandelt hatte. Er lächelte ihr zu, dann sah er seiner Mutter ins Gesicht. »Reis mit Milch ist bestimmt ein gutes Essen«, meinte er. »Vielleicht hilft es ja ein bisschen.«

»Du darfst dich nicht in Gefahr bringen!« Die Mutter fasste Jikal an der Schulter und drückte sacht zu.

»War gar nicht gefährlich!« Wenn das so weiterging, würde Jikal das Lügen noch zur Gewohnheit werden. Aber was hätte er sonst sagen sollen?

Joel kam zurück und stellte die Kalebasse mit einer heftigen Bewegung nahe der Kochstelle ab. Wahrscheinlich hatte er an der Wasserstelle wieder versucht sich vorzudrängeln und dabei Streit bekommen. Auf jeden Fall hatte er immer noch schlechte Laune und warf Jikal einen bösen Blick zu. »Hättest mir ruhig was sagen können!«

Sunny rieb sich mit ihren kleinen Fingern vorsichtig die Augen und Jikal nahm sich vor, nachher zum Ambulanzzelt zu gehen, auch wenn es wahrscheinlich umsonst war, wie jedes Mal. Trotzdem! Man wusste ja nie! Vielleicht hatte die Ärztin doch noch Augentropfen aufgetrieben. Aber wenn er ehrlich war, war seine Hoffnung nicht sehr groß.

Zielstrebig traten vier uniformierte Männer an die Kochstelle heran. Vor Jikals Mutter blieben sie stehen und sahen sie einen Moment lang schweigend an.

»Man munkelt, dass hier gutes Essen gekocht wird!«

Major Ironsy, der Lagerkommandant, hatte sich die Mühe gemacht, persönlich zum Lagerplatz der Flüchtlinge herauszukommen. Nun stand er breitbeinig vor dem Feuer und schaute ebenso grimmig wie die drei Soldaten, die ihn begleiteten, auf Jikal und seine Familie herab. »Woher habt ihr die Sachen?«

Jikal hatte das Gefühl, als wären seine Knochen zu Gummi geworden. Schon als die Männer mit suchenden Blicken durch das Lager gegangen waren, hatte er sie aus den Augenwinkeln beobachtet und inständig gehofft, dass sie vorbeigehen würden. Vergeblich! Ironsy hatte genau gewusst, wen er suchte, und war zielstrebig auf Jikals Familie zugegangen, sobald er sie zwischen den anderen entdeckt hatte. Für Jikal war es klar: Jemand musste ihn verraten haben!

Er schaute zu dem Deckenlager hinüber, das Crissie mit ihren Großeltern teilte. Sie saß allein zwischen den wenigen Habseligkeiten, die sie auf die Flucht mitgenommen hatten, und sah so mager und klein aus wie eh und je. Natürlich hatte das Auftauchen der Soldaten Aufsehen erregt, alle starrten herüber, und so sah sie Jikal ganz offen an. Als sie seinen Blick bemerkte, schüttelte sie fast unmerklich den Kopf. »Ich war's nicht!«, sollte das heißen und Jikal glaubte ihr.

Jikals Mutter versuchte die Lage zu retten. »Meine Tochter ist krank und wir haben unsere letzten Vorräte aufgebraucht, damit –«

»Ihr hattet keine Vorräte!« Ironsy ließ Jikals Mutter nicht einmal ausreden. »Ihr habt Milch und Reis gestohlen! *Du* hast das getan!«, wandte er sich dann plötzlich an Jikal, dessen Finger sich ganz von selbst in die Decke unter ihm gekrallt hatten.

»Mein Junge hat –«

»Du kommst am Mittag zu mir ins Militärcamp!«, schnitt der Major ihr wieder das Wort ab. »Du kannst dir ja sicher denken, was dir blüht. Und versuch gar nicht erst wegzulaufen. Wir finden dich sowieso!«

Jikal nickte stumm und es kam ihm einen Moment lang vor, als würde der Boden unter ihm schwanken. Er würde mit dem Stock geschlagen werden und Ironsy brauchte keine Beweise, um dieses Urteil zu verhängen. Niemand braucht Beweise, wenn er fünfzig Bewaffnete hinter sich hat und die ganze Macht in Händen hält.

Ohne Jikal oder dessen Mutter weiter zu beachten, drehte Major Ironsy sich um und ging mit seiner Eskorte zurück ins Zeltlager der Soldaten. Was Jikal nun machte, interessierte ihn nicht mehr.

Mit einem Blick zum Himmel stellte Jikal fest, dass ihm höchstens noch zwei Stunden blieben, bis er sich melden musste. Der in Milch gekochte Reis, von dem er seinen Anteil bekommen hatte, lag plötzlich wie ein Stein in seinem Magen. In zwei Stunden würde man ihn im Lager der Soldaten bäuchlings auf die Erde strecken und zwei Männer würden ihn festhalten, während ein dritter ...

Jikal wollte den Gedanken verscheuchen, aber immer wieder drängte sich ihm das schreckliche Bild auf, wie der lange, geschmeidige Stock durch die Luft pfiff und auf seine Oberschenkel niedersauste – und jeder, der wollte, würde dabei zuschauen können. Die Soldaten würden sicher lachen, wenn er schrie, und Jikal nahm sich vor, nicht zu schreien – aber würde er das auch durchhalten können?

»Ihr hättet nicht im Lager kochen sollen!« Crissie war herangekommen, als Ironsy weit genug entfernt war. Sie hockte sich neben Jikal und setzte leise hinzu: »Danke, dass du mich nicht verraten hast!«

Jikal zuckte unwillig die Schultern. »Ach, lass mich doch in Ruhe.«

Aber Crissie hatte natürlich Recht. Jikal hatte ja

selbst bemerkt, dass es den Leuten ringsum aufgefallen war, dass die Familie plötzlich Reis hatte, und der Duft der kochenden Milch hatte ein Übriges dazu getan. Einer von ihnen musste sie verraten haben, vielleicht um eine kleine Belohnung zu kassieren.

»Wenn ich das geahnt hätte, wäre ich zum Fluss hinuntergegangen, um das Essen zuzubereiten«, sagte die Mutter. »Es tut mir so Leid!«

»Du kannst nichts dafür.« Jikal sah seiner Mutter gerade ins Gesicht. »*Ich* bin der Dieb! *Ich* hätte daran denken müssen, mich besser zu schützen!«

»Werden sie dich jetzt verhauen?« Joel schaute Jikal nachdenklich an.

»Ich fürchte, ja«, meinte Crissie leise.

»Ach, lasst mich doch in Ruhe!« Jikal stand auf und ging mit weichen Knien davon. Hätte er die Schläge doch nur hinter sich! *Ein* Gedanke tröstete ihn allerdings ein wenig: Egal, was die Soldaten mit ihm anstellten, die ganze Familie hatte etwas zu essen gehabt und Sunny war sofort danach wieder eingeschlafen. Vielleicht gab der tiefe Schlaf mit vollem Magen ihr ja die Kraft, die sie brauchte, um die Krankheit zu überwinden.

Jikal gab sich einen Ruck. Es brachte nichts, bis zum Mittag voller Selbstmitleid hier rumzuhängen. Besser, er ging ins Ambulanzzelt. *Jetzt* konnte er das noch tun.

Als die Ärztin Jikal in das große Zelt kommen sah, in dem Bahren mit braunen Decken und notdürftige medizinische Geräte standen, erkannte sie ihn schon. Er musste gar nicht erst nach Augentropfen fragen. Aber wie jeden Tag hob sie nur ratlos die Schultern und sah ihn traurig an.

Die vergangenen zwei Stunden waren für Jikal die Hölle gewesen und mehr als einmal hatte er daran gedacht, doch einfach abzuhauen, aber das war keine Lösung.

Major Ironsy hatte Recht. Die Soldaten würden ihn mit Leichtigkeit wieder einfangen können, denn für Jikal gab es keinen Ort, an den er hätte gehen können. In seinem Heimatland tobte der Bürgerkrieg und hier, im Exil, hatte er keine Verwandtschaft. Und außerdem: Wenn er verschwand, stand seine Mutter mit den beiden Kleinen ganz alleine da und er konnte überhaupt nichts mehr für sie tun.

Schließlich hatte Jikal sich zu der Entscheidung durchgerungen, die Bestrafung über sich ergehen zu lassen, wie immer sie auch aussehen mochte. Leichte Vergehen wurden von den Soldaten mit fünf Stockschlägen bestraft, aber Diebstahl war kein leichtes Vergehen, da gab es bestimmt die doppelte Anzahl. Trotz aller Entschlossenheit war es Jikal übel vor Angst. Er hatte sich die Vollstreckung einer solchen Strafe einmal ansehen müssen: Die Soldaten hatten einfach ein paar Flüchtlinge, die im Lager herumliefen, zusammengetrieben und sie zur Abschreckung gezwungen zuzusehen. Der Junge, der bestraft werden sollte, war etwa neun Jahre alt gewesen. Er hatte sich aus Neugier für die abgestellten Gewehre der Soldaten interessiert und die Waffen noch nicht einmal berührt, sondern nur angeschaut. Trotzdem wurde er zu fünf Stockschlägen verurteilt. Der Junge hatte sehr große Angst gehabt. Verzweifelt hatte er versucht zu entkommen, aber die Soldaten, die ihn hielten, waren viel stärker gewesen als er. Auf dem Boden fest gehalten, das Gesicht in den Staub gepresst, hatte der Junge sich in seiner Angst gewunden, bis der lange, biegsame Stock auf ihn niederfuhr. Schon der erste Schlag hatte die Haut aufgerissen, und als er die fünf Schläge erhalten hatte, war er einfach liegen geblieben. Erst Minuten später hatten seine Beine ihm wieder einigermaßen gehorcht und er hatte sich mühsam davongeschleppt. – Fünf Stockschläge waren eine grausame Strafe, wie sollte man da zehn überstehen oder – Jikal schloss die Augen – vielleicht sogar fünfzehn?

Jikal atmete tief durch. Die zwei Stunden waren um. Es hatte keinen Sinn, noch länger herumzutrödeln. Er ging zum Zeltlager der Soldaten.

Unterwegs traf er seine Mutter, die mit Noobida, der Zauberfrau, vor der dunkelgrünen Zeltreihe stand.

»Die Soldaten schicken alle weg«, sagte die Mutter, als er kurz bei ihr stehen blieb. »Wir warten vor den Zelten auf dich!«

Jikal nickte nur stumm, weil seine Kehle wie zugeschnürt war, und wandte sich zum Gehen. Keine Zuschauer diesmal. Wenigstens das blieb ihm erspart!

»Warte noch!« Das war Noobida. Sie hatte zwei kleine, glatte Steine und drückte je einen davon in Jikals geöffnete Handflächen. »Gut festhalten!«, sagte sie. »Sie werden dir ein wenig helfen.«

»Ein Zauber?«, fragte Jikal hoffnungsvoll. Normalerweise glaubte er nicht so recht an Zauberkräfte, aber heute war er bereit nach jedem Strohhalm zu greifen, an dem er sich ein Stück weit aus dem Sumpf der Angst ziehen konnte.

»Kleiner Zauber nur«, sagte Noobida. »Achte die ganze Zeit darauf, die Steine nicht loszulassen, und nimm das hier zwischen die Zähne!« Sie hielt ihm ein mehrfach gefaltetes Stück weißes Tuch entgegen, das er annahm und in die Tasche steckte.

»Danke!« Etwas beruhigter trat Jikal zwischen die Zelte und hielt nach Major Ironsy Ausschau, aber der war nirgends zu entdecken.

In der Nähe des Kochzeltes blieb Jikal stehen. Der herausgezogene Pflock war wieder eingeschlagen worden und nichts deutete mehr auf seine nächtliche Aktion hin. Ein junger Soldat ging vorbei und Jikal fragte ihn, wo Ironsy zu finden sei.

»Komm mit!«, knurrte der Soldat mürrisch und Jikal folgte ihm entschlossen. Die kleinen Steine in seinen Händen fühlten sich glatt und warm an und es war, als strahlten sie eine besondere Kraft aus – als gäben sie ihm Mut.

Major Ironsy saß mit drei anderen Soldaten unter einer großen olivgrünen Plane, die als Sonnensegel aufgespannt worden war. Es waren dieselben Männer, mit denen er auch schon bei Jikals Familie erschienen war.

Ironsy wandte den Kopf. »Was willst du?«

Jikal konnte seine Augen hinter den Spiegelgläsern

der Sonnenbrille nicht erkennen. »Ich sollte mich melden!«, sagte er mit fester Stimme.

»Ach, du bist das!«, lachte Ironsy. »Ich hatte dich schon ganz vergessen. Wie dumm von dir hierher zu kommen.«

Er hatte Jikal natürlich *nicht* vergessen, es war nur ein grausames Spiel. Jikal schluckte.

»Greift ihn euch!«, kommandierte Ironsy.

Zwei der Männer standen auf und nahmen Jikal in ihre Mitte. Ihre Hände schlossen sich wie Eisenklammern um seine Oberarme und Jikal krampfte die Hände fest um die Steinchen, denn es tat weh.

»Ich hatte dich wirklich schon ganz vergessen!«, wiederholte der Major und schüttelte langsam den Kopf. »Aber jetzt erinnere ich mich natürlich.« Die Spiegelbrille starr auf ihn gerichtet, machte er eine Pause, die Jikal endlos erschien, und die Soldaten griffen noch härter zu. »Du bist doch der Junge, der die fünfzig Stockschläge erhalten soll!«

Fünfzig! – Das konnte kein Mensch überstehen! Jikals Knie wurden weich, er sackte zusammen, als ob er betäubt worden wäre. Fünfzig Stockschläge! Nein! Plötzlich durchfuhr eine heiße Woge seinen Körper und alles in ihm wehrte sich. Nur weg hier! In gewaltiger Kraftanstrengung bäumte er sich auf, versuchte sich loszureißen und schrie die Männer an, die ihn umklammert hielten. – Hoffnungslos! Er wand sich nach Leibeskräften, aber der dritte Soldat erhob sich mit gemeinem Grinsen und ließ den Stock spielerisch in seine Handfläche schnellen. Andere Soldaten kamen herbei, um sich das Schauspiel anzusehen. Sie lachten und zeigten mit dem Finger auf Jikal, und da erst wurde ihm bewusst, dass er schon jetzt vor lauter Wut, Empörung und Angst aufbrüllte wie ein verwundetes Tier. Fünfzig Stockschläge – das war keine Strafe, das war ein Todesurteil!

Der Auftrag

Am Morgen wurde Wilken durch das Motorengeräusch geweckt, als van Kamps Volvo vom Hof fuhr. Zur Tarnung betrieb der Dicke eine kleine Airservice-Firma am Flughafen Heathrow, und das schien ihm richtig Spaß zu machen. Es verging kaum ein Tag, an dem er nicht schon früh in die Firma gefahren wäre, um sich persönlich um die Geschäfte zu kümmern. Fiona Becks Flug nach Göteborg war so ein Auftrag gewesen, noch dazu einer von der ertragreichen Sorte. Eigentlich hätte van Kamp es nicht nötig gehabt, tatsächlich Passagiere und Frachten zu befördern. Es machte ihm einfach Freude, an einem Geschäft ordentlich zu verdienen, und Fiona flog leidenschaftlich gern mit dem kleinen Jet. Die beiden ergänzten sich auf ideale Weise.

Ein Blick auf den Hof zeigte Wilken, dass zwischen Brunéls Toyota Pick-up und seinem A3 ein unscheinbarer, schmuddeliger Kombiwagen stand, dessen Ladefläche mit Pappkartons, Plastiktüten und schlampig darüber geworfenen Decken voll gestopft war. Fionas Auto! Wilken würde es nie begreifen, wie die Pilotin, die sich bei Pflege und Wartung ihres Lear-Jets geradezu kleinlich anstellte, ihr Auto dermaßen verkommen lassen konnte.

Wilken ging in den Archivkeller, um nachzusehen, ob sich über Nacht in der Segou-Angelegenheit irgendetwas verändert hatte. – Das hatte es ohne Frage, denn die Wahrscheinlichkeit für einen Einsatz lag mittlerweile bei fünfundachtzig Prozent. Wilken zögerte kurz. Ein recht hoher Wert, aber für ein ordentliches Frühstück würde die Zeit wohl noch reichen. Er beschloss, erst einmal Brötchen holen zu fahren. Es konnte nämlich ebenso gut geschehen, dass der Zähler plötzlich rückwärts zu laufen begann und möglicherweise sogar ganz erlosch, wenn der Konflikt sich entspannte oder gar auflöste. Darüber brauchte Wilken sich im Moment aber keine Gedanken zu machen. Ob ein Einsatz notwendig war oder nicht, entschied allein die Zentrale. Sobald der Zähler fünfundneunzig Prozent anzeigte, bekam das Team die letzten notwendigen Informationen und bei hundert Prozent wurde gestartet, an welchen Ort der Welt der Marschbefehl auch immer führen mochte.

Es war Ende April und Wilken genoss den sonnigen Morgen, als er den A3 nach Melling hineinrollen ließ, um für das gemeinsame Frühstück einzukaufen. Fiona liebte Knäckebrot und Wilken war nicht sicher, ob sie noch einen Vorrat hatte, also kaufte er welches. François bevorzugte Croissants. Ein paar Brötchen rundeten das Sortiment ab, und nachdem er noch etwas Schinken und Käse besorgt hatte, fuhr Wilken zurück zum Haus.

François war schon auf und hatte eine riesige Thermoskanne Tee gekocht.

»Hallo, Alex!«, begrüßte er Wilken. »Ist doch wirklich schön, dass du wieder aus dem Urlaub zurück bist! Die anderen sind nämlich immer zu faul zum Einkaufen!«

»Na, und du?«

»Ich meistens auch«, gab Brunél zu. »Fiona ist übrigens ebenfalls schon wach. Sie rumort gerade im Bad herum.«

»Was ist mit der Westafrika-Sache?« Wilken verteilte die Einkäufe auf dem Esstisch und holte noch ein paar angebrochene Marmeladengläser aus dem Kühlschrank. »Warst du schon im Keller?«

»Fünfundachtzig Prozent!« Brunél schnupperte schon mal in die Tüte mit den Croissants hinein. »Fiona!«, rief er dann in den Flur. »Beeil dich! Frühstück!«

»Komme gleich«, drang eine dünne Stimme durch die geschlossene Badezimmertür zurück. »Fangt ruhig ohne mich an!«

Wenn Fiona diesen Tipp gab, konnte man ihn getrost befolgen, also langten Wilken und Brunél schon mal ordentlich zu, bevor die Backwaren vertrockneten und der Schnittkäse hart wurde.

Fiona kam dann aber doch schon nach etwa zwanzig Minuten angewirbelt, ließ sich auf einen Stuhl fallen und schnupperte in alle Marmeladengläser hinein, bevor sie sich für die Sorte entschied, die ihr heute behagte. Ihre kurzen, weißblonden Haare waren noch feucht.

»Morgen, Leute«, sagte sie beiläufig. »Ich will gleich noch in den Pool – kommt einer mit?«

»Viel zu kalt!« Brunéls kleine Gestalt zog sich bei dem

Gedanken an das eisige Wasser noch mehr zusammen.
»Alex und ich wollen nach dem Frühstück eine Runde Tennis spielen, dabei wird es einem wenigstens warm!«

»Memmen«, sagte Fiona freundlich. »Dann spielt ihr mal schön! Der Verlierer muss fünf Runden durch den Pool ziehen – was haltet ihr davon?«

Alex und François schauten einander kurz an. »Abgemacht!«, meinte Brunél. »Da ich sowieso gewinne, muss ich auch nicht ins Wasser, also kann es *mir* ja egal sein!«

Vierzig Minuten später saßen die drei wieder in der Küche zusammen und François schnatterte vor Kälte wie ein Enterich. Alex hatte ihn vernichtend geschlagen und Fiona hatte ihn zur Strafe fünfmal durch den Pool gejagt. Jetzt trug er einen dicken Pullover, aber trotzdem schüttelten die Kälteschauer ihn immer wieder durch.

»Ich weiß gar nicht, wie du das aushältst, Fiona«, meinte er kläglich. »Hast du das von deinem schwedischen Vater? Hat der dir beigebracht in Eislöchern zu baden?«

»Vergiss meine japanische Mutter nicht«, erinnerte Fiona mit einem Lächeln. »Ein wenig Meditation und die Wassertemperatur ist dir völlig egal! Kann ich dir auch beibringen.«

»Nee, danke!« François nahm sich bibbernd den Rest Tee aus der Thermoskanne. »Es gibt Sachen, die muss man gar nicht können, jedenfalls nicht, wenn man marokkanisches Blut in den Adern hat so wie ich. Was sagt denn unser Halbkanadier dazu? Bist du auch so versessen darauf, im Eiswasser herumzupaddeln?«

»*Kann* man machen, *muss* man aber nicht«, meinte Wilken. »Auf jeden Fall habe ich eben drei eigentlich unerreichbare Bälle doch noch erwischt, damit ich *nicht* in den Pool muss!«

»Wirklich toll!« Die Teetasse klapperte gegen Brunéls Zähne, weil seine Hand so zitterte. In diesem Moment klingelte Fionas Handy, das auf dem Tisch lag, und ein Schwall heißen Tees schwappte auf Brunéls Pullover.

Fiona drückte die Sprechtaste und nahm das Gerät ans Ohr. Es war Messie, und für Fiona sprach der Computer mit der Stimme von Tom Cruise: »Hallo, Fiona, wie war der Flug? Hoffentlich nicht zu anstrengend. Hast du dich denn gut ausruhen können?«

»Hallo, Messie! Nett, dass du fragst! Ja, ich bin fit!«

»Freut mich wirklich, Mädel!« Messies Tom-Cruise-Stimme floss förmlich über vor Charme. »Könnte nämlich sein, dass ihr bald wieder aufbrechen müsst – schaust du mal auf dem Bildschirm nach und sagst den Jungs dann Bescheid?«

»Klar doch! Ciao, Messie!«

»Ciao, Bella!« Messie unterbrach die Verbindung.

»Schätze, es geht bald los, Freunde!«, verkündete Fiona und befestigte das Handy an ihrem Hosenbund. »Wir sollten mal in den Keller gehen und nachsehen, was Sache ist.«

»Na, denn!« Wilken stand auf.

»Ich bin krank!«, maulte Brunél, erhob sich aber doch, nachdem er hastig seine Tasse geleert hatte.

Gemeinsam gingen die drei in den Keller und Fiona holte mit ein paar Tastenschlägen die Übertragung aus der I.B.F.-Zentrale auf den Bildschirm. Der Zähler stand auf fünfundneunzig Prozent und die Uhr daneben zeigte an, dass er vor zwei Minuten umgesprungen war. Jetzt waren auch weitere Informationen abrufbar, die mit dem Problem in Zusammenhang standen, und das Erste, was Fiona tat, war, die gesamte Datei auf eine Diskette zu ziehen. Danach erst öffnete sie sie und rief die Seite auf, auf der eine Kurzübersicht für das Team vorbereitet war:

In Westafrika war eine kleine Provinzstadt von der Armee besetzt worden und der Großteil der Bevölkerung war in das Nachbarland, in die Provinz Okanga, geflohen. Dort, in einem Camp am Fluss Segou, warteten sie darauf, in ihr Land zurückkehren zu können. Hilfsorganisationen hatten sich bereits eingeschaltet. Sie schickten Lebensmittel und Medikamente nach Okanga, aber es bestand der dringende Verdacht, dass die Lieferungen die Bedürftigen in Segou gar nicht erreichten, sondern auf dem Schwarzmarkt verkauft wurden. Der Notruf, den die Ärztin über Funk abgesetzt hatte, war echt. Als wahr hatte sich außerdem erwiesen, dass die Provinzregierung von Okanga, die ebenfalls eine Militärregierung war, keinen in das Krisengebiet einreisen ließ, der die Sache hätte nachprüfen können. Begründet wurde diese Maßnahme damit, dass der Aufenthalt in der Region zu gefährlich sei, da sie von bewaffneten Rebellenverbänden kontrolliert werde.

Aufgabe des Teams würde es sein, zu ermitteln, ob

wirklich Lebensmittel und Medikamente verschwanden, und wenn ja, in welchen Kanälen die Hilfslieferungen versickerten. Mit einer Aufklärungskampagne der internationalen Medien war nicht zu rechnen, dafür war der Konflikt zu unbedeutend. Das hieß aber auch, dass das Team ganz auf sich allein gestellt war. Niemand würde sich sonderlich darüber aufregen, wenn ein paar selbstmörderische Weiße entgegen aller Warnungen mitten in das Krisengebiet fuhren und dort für immer verschwanden.

Wilken erinnerte sich an van Kamps Ermahnung. Anscheinend hatte der Dicke das alles schon vorausgesehen.

»Reizvolle Aufgabe!«, meinte auch Brunél. »Hitze, Staub, Buckelpisten, Rebellen und an jedem Schlammloch Millionen von Moskitos. Sehr verlockend!«

»Milliarden«, korrigierte Wilken. »Moskitos zählt man in Milliarden. Außerdem hast du die Hakenwürmer vergessen, die da in jedem Tümpel lauern. Ich meine diese niedlichen kleinen Biester, die sich bis in die Leber bohren, wenn du sie erst einmal in der Haut hast.«

»Ich will sofort zurück in meinen schönen, kühlen Pool!«, jammerte Brunél. »Komm, Messie, sag mir, dass das alles nur ein Irrtum ist!«

Fiona hatte im Moment ganz andere Sorgen. »Wo ist denn da ein Flugplatz in der Nähe?«

Der einzige Airport des Landes lag laut Messie in der Hauptstadt und die war über fünfhundert Meilen vom Krisengebiet entfernt. Schon für den Jet war das eine volle Stunde Flugzeit und auf dem Landweg konnten leicht drei Tage vergehen, bis sie das Zielgebiet erreichten.

»Gibt's Probleme?«, wollte Wilken von Fiona wissen.

»Kein Flugplatz!«, sagte Fiona dumpf. »Erinnert ihr euch an die Nationalstraße 1 in Mali?«

Sofort stöhnten Alex und François gequält auf. Die Fahrt von Tessalit nach Gao war die Hölle gewesen. Sie hatten nur einen alten Peugeot mit Heckantrieb mieten können und den Wagen im wahrsten Sinne des Wortes Meile für Meile durch den Sand geschaufelt. Die so genannte Nationalstraße war eine absolut unbefahrbare Kette von kantigen Felsstücken gewesen, die zu beiden Seiten bis weit über den Horizont hinaus von feinstem Sand gesäumt war. Keiner der drei dachte gern an dieses Erlebnis zurück, denn der Kühler des Peugeot war undicht gewesen und sie waren nur deshalb bis Gao gekommen, weil sie selbst zwei Tage lang fast nichts getrunken hatten – und das bei einer Temperatur, bei der man Spiegeleier auf der Motorhaube hätte braten können!

»Ihr erinnert euch also«, stellte Fiona fest. »Möglich, dass wir uns noch dorthin zurücksehnen werden. Fünfhundert Meilen Halbwüste und allenfalls mal ein Salzsee! Ich muss schon sagen, ich bin wirklich entzückt!«

Die Lautsprecher gaben ein kurzes Piepsen von sich und sofort wandten sich aller Augen der linken oberen Bildschirmecke zu: einhundert Prozent!

»Tja, Freunde«, meinte Fiona, »da haben wir wohl einen netten kleinen Auftrag! Ich rufe jetzt erst mal Walter an. Das mit dem Flugplatz kann ja wohl nicht stimmen!«

»Ich geh meine Sachen holen.« Wilken wandte sich um. »Komm, François! Wir treffen uns in fünf Minuten bei den Fahrzeugen.«

»Ist gut.« Fiona nickte ihm zu, während sie die Verbindung zu van Kamp herstellte. Mit dem Handy in der Hand ging sie auf ihr Zimmer und holte ihre Reisetasche, die immer fertig gepackt hinter der Tür stand. Von van Kamp erfuhr sie, dass er das Problem ebenfalls bereits erkannt hatte. Er erinnerte sich aber vage, dass es in Okanga noch einen Provinzflughafen geben musste. Wenn dieser Flugplatz jedoch in militärischem Sperrgebiet lag – womit aller Wahrscheinlichkeit nach zu rechnen war –, erwarteten sie massive Schwierigkeiten. Unerwünschten Eindringlingen gegenüber würde das Militär nicht lange fackeln ... Um dies alles abzuklären, war van Kamp gerade dabei, Messie mit ein paar neuen Suchbefehlen auf die richtige Spur zu bringen sowie eine uralte Karte der Region einzuscannen.

Vier Minuten nachdem Messie den Einsatzbefehl gegeben hatte, stand das Team vollzählig auf dem Hof versammelt. Die Taschen wurden auf der Ladefläche von Brunéls Pick-up verstaut und eine Minute später war das Team auf dem Weg nach Heathrow, wo ihr kleiner Jet aufgetankt und durchgecheckt auf seinen Flug ins Ungewisse wartete.

Schwarzes Wasser

Eine Fabel aus Jikals Heimat erzählt, wie eine Maus einen Wettstreit unter Tieren gewinnt: Die Tiere waren unzufrieden mit der Herrschaft des Löwen, und neuer Herrscher sollte werden, wem es gelänge, ihm die Beute streitig zu machen. Das Rudel des Löwen aber war so stark, dass es spielend sämtliche Angriffe abwehrte, sogar die der Elefanten und Nashörner. Da fasste sich der Mäuserich Inami ein Herz und wagte einen Versuch. In vollem Lauf rannte er über das Feld auf das Rudel zu, raste zwischen den Löwen hindurch und kam erst bei der Gazelle zum Stehen, die aufgebrochen im Gras lag. Hastig riss er ein Stück Fleisch von ihrem Leib, und weil die Löwen ihn gar nicht bemerkten, konnte er unbehelligt mitten durch das Rudel entkommen.

Die alte Spinne, die man zum Schiedsrichter bestimmt hatte, staunte sehr, als Inami ihr ein Stückchen Fleisch von der Beute der Löwen brachte, aber es gab keinen Zweifel: Inami hatte die Bedingungen erfüllt und durfte sich von nun an König der Tiere nennen. Nachdem sie dieses Urteil gesprochen hatte, zog die Spinne das Fleisch in ihr Netz und verspeiste es, denn auch Schiedsrichter müssen essen, und es war ja auch nur ein sehr kleines Stück, eben gerade so viel, wie eine Maus abbeißen kann.

Seitdem war der Mäuserich Inami der König der Tiere, wenn sich auch niemand darum scherte. Die Löwen führten weiterhin das große Wort, aber die kleine Maus hatte immerhin den Titel, den sie mit großem Stolz führte.

Genauso wie Inami, der tapfere Mäusekönig, war sich Jikal noch am Morgen vorgekommen. Weil er klein und wendig war, hatte er es fertig gebracht, die Mächtigen zu bestehlen, und er war sehr stolz darauf gewesen. Aber jetzt fühlte er sich wirklich wie eine Maus, allerdings eine, die voller Panik den Atem des Löwen im Genick spürt. Man würde ihm Haut und Fleisch von den Schenkeln prügeln, bevor er unter den Schlägen zu Tode kam.

Jikal wehrte sich wie wahnsinnig und die Angst gab ihm zusätzliche Kraft, aber es war hoffnungslos. Wenige Augenblicke nachdem Major Ironsy den Befehl, ihn zu ergreifen, gegeben hatte, fand er sich auf dem harten Boden des Lagers ausgestreckt. Sein Mund war voller Staub. Ein Mann hielt seine Handgelenke umklammert, ein anderer drückte seine Fußknöchel so hart auf die Erde, dass es schmerzte. Aus den Augenwinkeln sah Jikal, dass die feixende Horde der Soldaten sich bis auf etwa drei Meter heranschob und einen Kreis um ihn bildete. Der Mann mit dem fast anderthalb Meter langen, dünnen Stock trat vor.

Jikal umklammerte die Steinchen in seinen Fäusten, aber an das gefaltete Tuch, das Zaubertuch, das Noobida ihm gegeben hatte, kam er nicht mehr heran. Verzweifelt schloss er die Augen und wartete auf den ersten Schlag. Wenn er schon sterben sollte, dann sollte es nur schnell vorübergehen.

Endlos lange Augenblicke lag Jikal mit zusammengekniffenen Augen und verkrampften Kiefern da und wartete darauf, dass die erste Schmerzwelle durch seinen Körper jagte. – Nichts geschah. Der Mann mit dem Stock ließ ihn warten, um seine Qual noch zu steigern.

Unvermittelt brach das Schwatzen und Lachen um Jikal herum ab. Schritte verhielten unmittelbar neben seinem Kopf. Nochmals vergingen endlose Augenblicke, bevor Jikal es wagte, die Augen einen Spaltbreit zu öffnen. Außer den riesigen Stiefeln, nur eine Handbreit von seinem Gesicht entfernt, war nichts zu erkennen. Der Mann trat einen Schritt zurück und Jikal drehte den Kopf, so weit seine auf den Boden gestreckten Arme das zuließen. Der helle Himmel blendete ihn und von der Gestalt, die hoch über ihm aufragte, war kaum etwas zu erkennen. Nur die spiegelnde Brille, die dem gestaltlosen Gesicht etwas Insektenhaftes verlieh, trat deutlich hervor.

»Du hast Glück«, drang die Stimme von Major Ironsy wie von weit her in Jikals Bewusstsein. »Wir brauchen gerade ein paar Rekruten. Hast du schon einmal daran gedacht, Soldat zu werden?«

Jikals Mutter war freudig überrascht, als ihr Junge unversehrt aus dem Lager der Soldaten zurückkehrte, und auch Noobida war sehr erleichtert, dass sie ihre

Heilkünste nicht anzuwenden brauchte. Gemindert wurde die Freude der beiden aber durch die Nachricht, dass Jikal von Ironsy zum Dienst in der Armee ihres Gastlandes gezwungen worden war.

Jikal war keine Wahl geblieben, lediglich die Chance, die grauenvolle Prügelstrafe durch ein Ja zum Armeedienst abzuwenden. Dieses eine Wort hatte bewirkt, dass die Männer ihn losließen und die Strafe erlassen wurde; es verpflichtete Jikal aber auch, sich noch heute Abend im Lager der Soldaten einzufinden, und er hatte nur eine sehr vage Ahnung, wie sein Leben künftig aussehen würde. Wahrscheinlich würde man ihn irgendwann fortbringen, dorthin, wo junge Soldaten gebraucht wurden.

Trotzdem versuchte Jikal die schlechte Sache von der guten Seite zu sehen: Wenn er sich frei zwischen den Soldaten im Lager bewegen konnte, würde es vielleicht möglich sein, bis dahin ab und zu ein paar Lebensmittel für seine Familie herauszuschmuggeln.

Im Gegensatz zu den Flüchtlingen lebten die Soldaten geradezu in Saus und Braus, weil von den wenigen Lebensmitteln, die überhaupt im Lager ankamen, nur der kleinste Teil an die Hungernden weitergegeben wurde. Die Flüchtlinge konnten schon froh sein, wenn sie jeden zweiten oder dritten Tag eine Konservendose voll Reis erhielten.

Nach Jikals Versprechen, in die Armee seines Gastlandes einzutreten, hatte Major Ironsy ihm genau erklärt, wie die Sache funktionieren sollte: Sold würde er natürlich keinen bekommen, denn er war ja schließlich fast noch ein Kind. Dafür stand er aber ab sofort unter dem Schutz der Armee und würde von ihr eingekleidet und ernährt werden. Weiterhin würde seine Mutter eine Entschädigung in Form von Sonderzuteilungen erhalten.

Ironsys Angebot hörte sich einigermaßen fair an, nur leider konnte Jikal kaum ein Wort davon glauben. Schon etliche Jungen aus dem Lager waren freiwillig oder gezwungenermaßen in die Armee eingetreten und bald darauf von hier fortgebracht worden. Allen hatte man dasselbe versprochen, aber die Familien der Kindersoldaten hungerten genauso wie alle anderen Flüchtlinge im Lager auch.

Jedenfalls hatte Jikal im Küchenzelt gleich seine erste Ration in Empfang nehmen können, die aus einer Konservendose voll gekochtem Reis und ein paar eingeweichten Stückchen Trockenfisch bestand. Das Abendessen der Familie war für heute also gesichert, und das war das Einzige, was zählte.

Der Abend kam näher und mit ihm ging Jikals letzter Tag im Kreis seiner Familie zu Ende. Die Essensration war unter allen aufgeteilt worden, und sogar Noobida hatte, von Jikal und seiner Mutter genötigt, ein wenig von dem Reis angenommen. Den Trockenfisch hatten sie den beiden Kleinen gelassen, und so waren Joel und Sunny die Einzigen, die annähernd satt geworden waren.

Auf Bitten von Jikals Mutter hin kam Noobida noch einmal mit ihrer geweihten Kalebasse vorbei, denn Jikal sollte in den Zauberspiegel blicken, um etwas über sein Schicksal zu erfahren. Joel musste Wasser holen, und wenn er auch sonst immer schlechte Laune bekam, wenn ihm so eine »niedere Frauenarbeit« zugemutet wurde, so ging er diesmal freudig los, denn Wasser für einen Zauberspiegel zu holen sah er als eine große Ehre an.

Noobida goss das Wasser in ihre geweihte Schale und sofort beugte Joel sich darüber, um vielleicht schon etwas zu erkennen. Noobida lachte und schob ihn fort, was er mit ärgerlichem Gemurmel und einem bösen Gesicht quittierte. Jikal hätte auch gern schon mal nachgesehen, ob auf der Wasseroberfläche etwas anderes zu erkennen wäre als sein eigenes Gesicht, aber da er keine Lust hatte, sich ebenfalls wegschieben zu lassen, blieb er ruhig auf seiner Decke sitzen und sah Noobida zu.

Die geweihte Kalebasse war eine getrocknete, schwarze Kürbisschale mit dem Durchmesser von etwa zwei Handspannen. Außen war sie über und über mit magischen Zeichen versehen, die tief in die Schale eingeritzt waren. Noobida hatte diese Kalebasse vor einigen Jahren von ihrem Vater, der in der Heimat ein großer Medizinmann gewesen war, erhalten. Ihr Vater war es auch gewesen, der die Schale in einem komplizierten Ritus geweiht hatte, und man konnte damit in die Vergangenheit und in die Zukunft sehen.

Noobida stellte die wassergefüllte Schale auf drei gleich große Steine und begann mit einem spitzen Stock seltsame Zeichen in den Boden zu ritzen. Das trübe Wasser wurde dunkler, und als Noobida die Vorbereitungen abgeschlossen hatte, war die Oberfläche glatt und glänzend wie eine schwarze Glasscheibe.

Jikal musste schlucken, denn auf einmal war er sich gar nicht mehr so sicher, ob er wirklich wissen wollte, was die Zukunft für ihn bereithielt. Seine Mutter bemerkte den unsicheren Blick nicht, der sie traf. Auf ihrer Unterlippe kauend saß sie reglos da und starrte wie gebannt auf Noobida und die Schale. Selbst Joel, der doch sonst nie seine Hände und Füße stillhalten konnte, spürte, dass hier etwas Besonderes vorging, und stand ein wenig abseits stumm da.

Jikal wandte sich wieder Noobida zu. Sie sah plötzlich älter aus und strenger. Jede Freundlichkeit war aus ihrem Gesicht gewichen. Monotone Beschwörungen murmelnd wiegte sie den Oberkörper vor und zurück und Jikal spürte, dass sie mittels der Schale langes Leiden und grausamen Tod genauso leidenschaftslos verkünden würde wie Wohlstand und immer während Gesundheit.

Jikal bekam Angst. Zum zweiten Mal an diesem Tag entschied sich sein Schicksal, aber *diesmal* würde es keinen Ausweg geben. Was der Spiegel ihm auch zeigen mochte, es würde eintreten, davon war Jikal fest überzeugt.

Noobida gab Jikal ein Zeichen, in die Kalebasse zu sehen, und zögernd beugte er sich vor. Zunächst war da nur die schwarze Oberfläche des Wassers, auf der sich Jikals gespannt-ängstliches Gesicht abzeichnete. Das Gesicht wurde blasser, teils durchscheinend und verschwand schließlich ganz. Wolken stiegen vom Grund der Schale auf, trieben der Oberfläche entgegen und begannen Formen auszubilden: Ein umgestürzter Jeep tauchte auf, neben dem Tote lagen – die Savanne, auf der ein Lastwagen entlangraste – das Gesicht eines Weißen mit hellen Haaren – ein blutdurchtränktes Stück Verbandsstoff auf schwarzer Haut.

Jikal sog scharf die Luft ein. War *er* das, der da verwundet worden war? Und was hatte der Weiße damit zu tun? Warum zeigte der Spiegel das nicht genauer? Aber die Bilder rissen nicht ab: ein Lastwagenkonvoi bei Nacht in rasender Fahrt – Blitze, die die Dunkelheit der Nacht zerrissen – ein Flugzeug, das am Boden zerschellte. – Dann verblassten die Bilder, und so sehr Jikal sich auch bemühte, es war nichts mehr zu erkennen außer trüben Wolken, die regellos vom Boden des Gefäßes aufstiegen.

»Es ist vorbei.« Noobidas Stimme holte Jikal in die Gegenwart zurück. »Der Spiegel hat seine Kraft nun verbraucht.«

Jikal richtete sich auf und sah Noobida an. Ihr Gesicht war hager und ihre Augen waren schwarz wie Kohlestücke. Sie stand noch völlig unter dem Einfluss ihrer Magie und die Anrufung des Spiegels schien sie sehr angestrengt zu haben. Für Jikal sah sie in diesem Augenblick aus, als sei sie hundert Jahre alt, und selbst ihr Haar schien einen Anflug von Grau bekommen zu haben.

»Waren es schlimme Bilder?«, wollte sie von Jikal wissen.

Jikal berichtete, was er in dem schwarzen Wasser gesehen hatte, und die Zauberfrau nickte nachdenklich. »Die erste und die letzte Botschaft müssen nicht stimmen«, sagte sie. »Versuch sie zu vergessen, denn es sind nur Möglichkeiten. Die Gewissheiten liegen in der Mitte.«

Jikal war etwas erleichtert, dass der Unfall und der Absturz nicht unbedingt eintreffen würden, aber der Rest war auch so noch schlimm genug.

»Du kannst in dem Spiegel nichts sehen, bei dem du nicht dabei bist«, erklärte Noobida. »Was immer dir heute gezeigt worden ist, du wirst es erleben – aber du wirst es auch *überleben!*«

London – Conakry

Van Kamp hatte sich im Hinterzimmer des Airservice-Büros die eingescannte Karte von Westafrika auf den Bildschirm gezogen. Messie hatte den Ausschnitt der Grenzregion so weit wie möglich aktualisiert und schon eine Flugroute ausgearbeitet. Van Kamp ließ den Cursorpfeil um den Namen der Stadt kreisen, von der bis vor kurzem keiner der drei jemals etwas gehört hatte.

»Okanga? *Da* soll ein Flugplatz sein?«, fragte Fiona ungläubig.

»Aber natürlich!« Van Kamp hob grinsend die Schultern. »Man erkennt es an diesem kleinen Flugzeug, das auf der Karte eingezeichnet ist. Schau mal, hier!«

Fiona schnaufte verächtlich und wandte sich beleidigt ab.

»Schotterpiste mit Wellblechbaracke und Petroleumleuchten als Landebefeuerung«, vermutete Brunél.

»Oh nein – wichtiger Militärstützpunkt«, berichtigte van Kamp. »Die halbe Luftwaffe des Landes ist dort stationiert.«

»Senkrechtstarter vermutlich.« Brunél konnte es nicht lassen; er musste einfach lästern. »Das glaub ich nie im Leben, dass es da einen ordentlichen Runway für unseren Jet gibt!«

»Die fliegen *Mirage*-Jäger«, klärte van Kamp ihn auf. »Und die scheinen bei Start und Landung keine Probleme zu haben.«

»Die kennen die Schlaglöcher halt und weichen aus«, grinste Brunél.

»Ich glaub, mir wird gleich schlecht«, sagte Wilken mit verkniffenem Gesicht. In seiner Armeezeit hatte er einen Hubschrauberabsturz nur knapp überlebt, und wenn er etwas nicht vertrug, dann waren es Scherze über das Fliegen. »Was ist jetzt wirklich mit dem Flugplatz?«

»Fliegt einfach hin und stellt es fest!«, schlug van Kamp vor. »Messie empfängt regelmäßig Funksprüche von einer *Fokker Friendship* der UNO, die mit Hilfsgütern dort landet und sogar wieder startet.«

Wilken schüttelte unwillig den Kopf. »Die *Friendship* ist gebaut wie ein Panzer und hat Reifen wie ein Lastwagen; die rollt einfach über alle Buckel hinweg. Finde erst mal raus, was Sache ist. Ich habe nämlich keine Lust mit abgerissenem Bugrad hunderte von Metern auf der Nase über die Piste zu schlittern! Wir kommen da mit hundertsechzig Stundenmeilen angepfiffen und wiegen über fünf Tonnen – überleg dir das mal!«

»Beruhig dich, Alex!« Fiona legte Wilken eine Hand auf den Arm. »Wenn die *Mirages* das schaffen, bringe ich unseren Jet da auch heil runter!«

»Schatz!«, kam eine Frauenstimme aus dem Lautsprecher und Wilkens Kopf ruckte unwillkürlich herum.

»Was ist los, Messie? Und *nenn mich nicht Schatz!*«

»Ich habe gehört, dass du dir Sorgen machst, und da

habe ich noch einmal gründlich nachgesehen, was es mit diesem Flugplatz auf sich hat.«

»Und – was hast du herausgefunden?«

»Drei Landungen und Starts von Lear-Jets. Alle ohne Probleme!«

»Puh!« Wilken stieß hörbar die Luft aus. »Warum nicht gleich so?« Er warf van Kamp einen bedeutsamen Blick zu. Diesmal hatte der Dicke wohl etwas schlampig gearbeitet. Diese Informationen hätte er auch gleich haben können und sie hätten sich die ganze Aufregung erspart.

Van Kamp wandte sich wieder dem Bildschirm zu. »Messie?«

»Ja, Waalter?« Für van Kamp benutzte Messie gern eine Männerstimme mit stark holländischem Akzent.

»*Wie alt* sind deine Informationen?«

»Wass fürr Informaschone?«

»Stell dich nicht blöd! *Wann* ist der letzte Lear-Jet dort gelandet? Antworte!«

»Öh, ja, dass waar ...«

»Wird's bald?«

»Voor ssiebe Jaahre!«

Brunél stöhnte auf und Fiona legte die Hand vor die Augen, als habe sie plötzlich Kopfschmerzen bekommen.

»Danke, Messie!« Van Kamp starrte böse in die kleine Kamera über dem Bildschirm. »Und jetzt habe ich eine Nachricht für deinen Operator!«

»Oooh, cherade keine Sseit – 's klingelet an de Tüür! Biss speter!« Der Bildschirm erlosch und auch die Leuchtdiode an der Kamera ging aus.

»Feige also auch noch!«, stellte van Kamp fest.

»Ich glaube, sie schämt sich«, vermutete Fiona.

»Sehr zu Recht!«, meinte Brunél. »Die hat wohl 'nen Virus, uns so alte Informationen anzudrehen!«

»Und – was machen wir nun?«, kam Wilken auf das eigentliche Thema zurück.

»Fliegt hin«, schlug van Kamp vor. »Schaut euch die Piste an, und wenn es nicht geht, dann müsst ihr eben in der Hauptstadt landen und sehen, wie ihr weiterkommt.«

»Toller Plan!« Brunéls Stimme triefte förmlich vor übertriebener Anerkennung. »Hätte meine Großmutter auch nicht besser aushecken können.«

»Wenn du diesmal nicht dabei sein willst, dann sag es nur!«, meinte van Kamp gelassen. »Mir stinkt es sowieso, die ganze Zeit hier in London herumzuhängen.«

»Ehrlich?«, staunte Brunél. »Du würdest an meiner Stelle mitfliegen wollen?«

»Aber sofort!«, lachte van Kamp. »Ich bin eh mit meiner Büroarbeit im Rückstand. Die ganzen Rechnungen für den vergangenen Monat müssen noch geschrieben werden. Die Wilson Ltd. will für zwei Monate die *Seneca* chartern, um Platinen nach Belfast zu bringen, und Mr Wilson ist ein purer Kotzbrocken. Weiterhin verlangt die Zentrale einen detaillierten Bericht über den Materialverbrauch in deiner Werkstatt. Das könntest du doch ohnehin viel besser machen!«

»Ich soll ...« Brunél hob die Hände in einer abwehrenden Geste.

»Ich mache deinen Job und du machst meinen«, nickte van Kamp freundlich. »Abgemacht?«

»Warte mal, warte mal!«, protestierte Brunél. »Du weißt doch genau, dass mir Büroarbeit überhaupt nicht liegt! Ich kann das gar nicht!«

»Schade.« Van Kamp hob bedauernd die Schultern. »Hätte mir wirklich mal wieder Spaß gemacht, bei einem Einsatz mitzumischen. O. k., dann eben nächstes Mal.«

»Also was ist jetzt – fliegen wir?« Fiona war zum Aufbruch bereit.

»Auf geht's!«, nickte Brunél und auch Wilken brummte zustimmend.

»Viel Glück!«, rief van Kamp den dreien nach, als sie gemeinsam die Treppe hinabstiegen, die in die Lagerräume und auf das Rollfeld führte.

»Können wir auch brauchen«, brummelte Wilken fast unhörbar. Der Gedanke daran, dass er gleich wieder in ein Flugzeug steigen musste, ließ sein Herz jetzt schon rasen.

Das gedämpfte Heulen der beiden Garret-Triebwerke schwoll etwas an, als Fiona den kleinen Jet an den Anfang des zugewiesenen Runways rollen ließ. Brunél auf dem Copilotensitz sah sich besorgt nach seinem Freund um, der blass und schweigsam in der engen Passagierkabine saß und auf den eingebauten Bildschirm vor sich starrte, ohne wirklich etwas zu sehen. Der Jet erreichte seine Startposition und Fiona bremste ab. Brunél sah, dass Wilken schlucken musste und schon mal

71

nach der Wachspapiertüte griff, die Fiona, wie immer, rein vorsorglich für ihn bereitgelegt hatte.

»Keine Sorge«, rief er Wilken zu, »ist bestes Flugwetter heute!«

Wilkens Lächeln fiel schwach aus und Brunél drehte sich wieder nach vorn, denn die Startfreigabe musste jeden Moment erfolgen.

Kaum hatte er sich den Instrumenten wieder zugewandt, gab der Tower den Runway frei. Fiona löste die Bremse, drückte die Gashebel in Volllast-Position und der kleine Jet rollte immer schneller werdend auf den Horizont zu, an dem sich die Skyline von West-London abzeichnete. Flach auf den Runway geduckt jagte das Flugzeug dahin. Die Unebenheiten im Beton übertrugen sich auf die Maschine, ihre Innenverkleidung gab knisternde Geräusche von sich. Fiona behielt den Geschwindigkeitsmesser im Auge und bei 160 Meilen pro Stunde hob sie die Nase des Flugzeugs an. Anderthalb Minuten später zog der Lear-Jet schon eine Meile hoch über London hinweg und er würde sich noch sechs Minuten lang fast ebenso steil in den Himmel bohren, bis er seine Dienstflughöhe erreicht hatte.

»Alles klar da hinten?«, fragte Fiona über die Schulter hinweg. Wilken zuliebe wäre sie gern etwas sanfter gestartet, aber die Vorschriften von Heathrow besagten, dass Jets möglichst schnell an Höhe zu gewinnen hatten, um die Lärmbelastung in Grenzen zu halten.

»Alles klar«, kam es schwach aus der Passagierkabine. »Das Frühstück ist noch drin. Danke der Nachfrage!«

»Gleich wird's besser«, versprach Fiona, und als die

Flugbahn flacher wurde, hatte Wilken sich tatsächlich schon ein wenig entspannt.

Noch vor dem Start hatte er die Diskette mit den Einsatzdaten in den vor seinem Sitz eingebauten Computer geschoben und versucht schon mal etwas zu lesen. Die Panik, die ihn bei jedem Start befiel, hatte aber verhindert, dass er irgendetwas davon verstand – also begann er jetzt noch einmal von vorn.

Die Fakten waren klar und es war vor ein paar Tagen sogar schon ein kleiner Artikel in der TIMES darüber erschienen:

WERDEN DIE HILFSGÜTER FÜR SEGOU VERSCHOBEN?

Zwischen fünfhundert und tausend Flüchtlinge aus dem Nachbarland haben in der Provinz Okanga vorübergehend eine Bleibe gefunden. Der Gouverneur der Provinz, Vincent N'gara, verweigert den internationalen Hilfsorganisationen jedoch den Zugang zum Lager Segou, da angeblich starke Rebellenverbände die Gegend kontrollieren. N'gara behauptet, er könne es nicht verantworten, Ausländer in diese Gegend einreisen zu lassen, da jederzeit mit einem Generalangriff der Rebellen zu rechnen sei.

Von Seiten der UNO wurde allerdings bereits der Verdacht geäußert, dass die Provinzregierung stark übertreibe und sowohl die Zahl der Rebellen als auch die der Flüchtlinge zu hoch angegeben habe, um mehr Hilfsgüter zu erhalten. Fraglich sei es auch, ob die Menschen im Lager die gelieferten Lebensmittel und Medikamente tatsächlich erhielten, da deren Verteilung von der Armee durchgeführt würde.

Der UNO-Sprecher betonte, es bestehe der begründete Verdacht, dass ein Großteil der Lieferungen unterschlagen werde. »Aber sollen wir deshalb die Lieferungen stoppen?«, fragte er anlässlich der Pressekonferenz. »Dann bekommen die Flüchtlinge doch überhaupt nichts mehr!«

Es scheint, als seien die Flüchtlinge vom Regen in die Traufe geraten und ihre Beschützer seien eher darauf aus, sich am Leid dieser Menschen zu bereichern. Wieder einmal steht die Weltöffentlichkeit hilflos daneben und muss mit ansehen, wie Hilfsgüter unkontrolliert in einem Krisengebiet versickern.

Für Wilken war es schon jetzt ziemlich klar, dass der geäußerte Verdacht zutraf. Zusätzliche Informationen aus anderen Quellen folgten und die Fakten aus dem *Times*-Artikel bestätigten sich immer wieder. Wenn man Generalmajor N'gara, dem Gouverneur von Okanga, glauben durfte, herrschte beiderseits der Grenze ein erbitterter Bürgerkrieg. Die Rebellen beider Länder wollten sich zusammenschließen und einen eigenen Staat gründen, womit die Regierungen natürlich nicht einverstanden waren. Angeblich war die ganze Region ein einziges Schlachtfeld, auf dem jeder gegen jeden kämpfte. So war ein Sektor von zigtausend Quadratmeilen entstanden, in dem der Weg, den die internationalen Hilfslieferungen nahmen, beim besten Willen nicht mehr nachzuvollziehen war, und noch konnte niemand wissen, wer sich alles an dem Verkauf der Lebensmittel und Medikamente bereicherte.

Vorne im Cockpit entstand Bewegung. Brunél hatte seinen Platz verlassen und kam nach hinten, um sich an Wilkens Auswertung des Materials zu beteiligen. Er nahm den Platz auf der anderen Gangseite ein und Wilken drehte den Bildschirm so, dass auch er etwas sehen konnte. Gemeinsam gingen sie die endlosen Datenreihen durch, die ihnen viel über das Land, in dem sie tätig werden sollten, verrieten. Als Wilken die Daten von Festplatte und Diskette löschte und den Bildschirm ausschaltete, wussten er und Brunél über Regierungsform, Infrastruktur, Staatshaushalt und die internen Machtverhältnisse des Landes wahrscheinlich genauso gut Bescheid wie ein Mitglied des Kabinetts. Nur über den Flughafen, auf dem sie landen sollten, war natürlich nichts auf der Diskette gewesen, aber mittlerweile hatte Messie die neuen Daten auch an den Computer im Jet weitergegeben und überbrachte damit eine wirklich gute Nachricht: Den Flughafen gab es tatsächlich und vor knapp einer Stunde war einer der *Mirage*-Jäger ohne Probleme dort gestartet. Messie hatte von van Kamp genau den richtigen Tipp bekommen und die Funksprüche in dem betreffenden Sektor verstärkt überwacht.

Fiona hatte die Steuerung des Jets schon lange dem Autopiloten überlassen und blätterte nun in einer schwedischen Zeitschrift, die sie sich aus Göteborg mitgebracht hatte. Alle paar Sekunden kontrollierte sie die Instrumente, und als sie bemerkte, dass Wilken den Computer abgeschaltet hatte, wandte sie sich um.

»Irgendetwas, was ich wissen müsste?«

»Die gute Nachricht zuerst«, sagte Wilken. »Den Flugplatz gibt es und eben ist ein Jet gestartet.«

»Fein!«, freute Fiona sich.

»Blöd ist nur, dass er in einem Land liegt, das von einer Militärdiktatur beherrscht wird, anders kann man es leider nicht nennen.«

»Die Oberschicht ist sehr reich?«, vermutete Fiona.

»Und die Unterschicht bettelarm«, bestätigte Wilken. »Was sich dort Mittelschicht nennt, hilft der Oberschicht, die Unterschicht auszubeuten.«

»Na super!«, schaltete Brunél sich ein. »Wenn ich so etwas höre, bekomme ich immer Lust einen Staatsstreich anzuzetteln!«

»Bringt nichts«, meinte Fiona. »Man kann gesellschaftliche Entwicklungen nicht beliebig beschleunigen. Solange Korruption in einem politischen System als ganz normale Erwerbsquelle gilt, wird sie immer wieder aufflackern, sooft man die Regierungen auch austauscht.«

»Danke für den Vortrag!« Brunél verneigte sich leicht im Sitzen. »Trotzdem wird mir schlecht, wenn ich sehe, dass die Militärs alles an sich reißen und ein ganzes Volk darunter leidet!«

»Mit ein bisschen Glück können wir denen ja jetzt eine volle Breitseite verpassen«, meinte Wilken. »Wenn wir den Nachweis führen, dass die Armee die Hilfsgüter verschiebt, wird das nicht ohne Folgen bleiben!«

»Noch etwa sechzig Minuten bis Conakry«, verkündete Fiona einige Stunden später. »Von dort ist es zwar nur noch ein Hopser, aber ich möchte auf jeden Fall mit vollen Tanks ins Zielgebiet.«

»Jederzeit startbereit«, kommentierte Brunél ihre Worte.

»Allerdings!« bekräftigte Fiona. »Es wäre doch sehr ärgerlich, wenn wir ausgerechnet bei unseren Gegnern um Sprit betteln müssten.«

»Sehr richtig!«, lobte Wilken, aber er merkte, wie ihm die Aussicht auf eine Zwischenlandung die Pulsfrequenz schon wieder hochtrieb.

Der Flughafen der Hauptstadt von Guinea ist technisch einwandfrei und selbst die größten Jets können dort starten und landen. Trotzdem atmete das Team auf, als es Conakry wieder verlassen konnte. Die primitiven Behausungen der ärmeren Stadtbevölkerung waren zu hunderten direkt an den Stahlgitterzaun des Flughafens herangebaut. Nur fünfzig Meter vom Runway entfernt spielten Kinder, und Ziegen waren auf dem Gras neben der Piste angepflockt. Für den Durchschnittseuropäer boten die an den Flughafen herangewucherten Barackenviertel ein Bild bitterster Armut, aber in einem Land, in dem der Großteil der Bevölkerung in strohgedeckten Hütten lebte, mochten sich diese Menschen sogar noch für bevorzugt halten. Wilken fragte sich, was die Leute in den Baracken wohl empfanden, wenn der örtliche Fernsehsender Programme wie *Baywatch* ausstrahlte, denn das lief hier, wie fast überall in der

Welt, zur Hauptsendezeit. So etwas musste ihnen doch wie ein Blick auf einen anderen Planeten erscheinen! Kein Wunder, dass hier fast alle Europäer oder Amerikaner für unermesslich reich gehalten wurden.

Wie auch immer: Knapp eine Stunde nach der Landung donnerte der Lear-Jet aufgetankt wieder zwischen den Bretterhütten über die Startbahn. Kinder standen am Zaun und winkten; die Ziegen trotzten dem Höllenlärm und schauten noch nicht einmal auf, und als Fiona den Jet hochzog, breitete sich die Siedlung wie ein Flickenteppich unter Wilkens Fenster aus. Er war von dem Anblick so abgelenkt, dass er für den Moment sogar seine Flugangst vergaß.

Was danach geschah, war allerdings weniger erfreulich. Fiona meldete sich über Funk in der Hauptstadt des Nachbarlandes und gab, wie sie geplant hatte, dort bekannt, wegen technischer Probleme in Okanga notlanden zu müssen. Zur Antwort erhielt sie lediglich die knappe Anweisung, die Maschine unbedingt in der Luft zu halten und auf jeden Fall nur den Flughafen der Hauptstadt anzufliegen. Fiona bestätigte fröhlich und nahm unbeeindruckt Kurs auf Okanga.

»Schade!«, sagte sie über die Schulter hinweg zu Wilken. »Die wollen uns einfach nicht einladen!«

Nun meldete sich Okanga Airport über Funk und verbot der Besatzung des Lear-Jets sich noch weiter zu nähern. Fiona erklärte dem Mann, dass ein Triebwerk rapide an Leistung verlöre, und betonte noch einmal, dass es sich um eine Notlandung handle. Nun wurde der Mann im Okanga-Tower wütend und teilte ihr mit, dass gerade ein Abfangjäger gestartet sei, um sie zu empfangen.

Dass dies keine leere Drohung war, sollte sich sogleich herausstellen. Als sie sich dem Zielgebiet näherten, tauchte auf dem Radar ein Lichtpunkt auf, der rasend schnell auf sie zukam, wendete und dann zu ihnen aufschloss.

»Na wunderbar!«, freute sich Brunél. »Ein militärisches Empfangskomitee. Ganz wie der Dicke es vorausgesagt hat.«

»Da kommt wahrhaft Freude auf«, meinte Wilken unbehaglich und spähte angespannt durchs Fenster. Von hinten kommend schob sich ein *Mirage*-Jagdflugzeug neben den Lear-Jet, und Fiona wurde über Funk *eindringlichst* aufgefordert sofort abzudrehen. Die *Mirage* kam so nahe heran, dass man den Helm des Piloten im Cockpit erkennen konnte. Wilken schluckte. Unter dem Kampfjet hingen vier feuerbereite Luft-Luft-Raketen.

Okanga Airport

Der fremde Kampfjet hing wie ein bösartiges Insekt scheinbar unbeweglich etwa dreihundert Fuß neben dem kleinen Düsenflugzeug, und der matte, sandfarbene Tarnanstrich der Oberseite ließ jede Einzelheit der Maschine genau erkennen. Gerade hatte Fiona von dem Piloten die Anweisung erhalten, sofort den Kurs zu ändern, da sie sich zurzeit in gesperrtem Luftraum aufhalte. Fiona versuchte nochmals zu erklären, dass ihr Flugzeug defekt sei und sie in Okanga notlanden müsse, aber der Mann glaubte ihr kein Wort. Damit war allerdings zu rechnen gewesen und augenblicklich trat ein mithilfe von Messie ausgearbeiteter Plan in Kraft.

Der Supercomputer in der Zentrale hatte sich während der letzten fünf Stunden fast ausschließlich damit beschäftigt, jemanden in Okanga ausfindig zu machen, der großen Einfluss in der Stadt hatte und über gewisse Auslandskontakte verfügte – und er hatte einen Volltreffer gelandet: Messie hatte ermittelt, dass gerade Vincent N'gara, der Gouverneur der Provinz Okanga selbst, sich oft und gern in Europa aufhielt. Er besaß eine Villa in Südfrankreich, wo er auch eine Motorjacht und etliche Luxuswagen sein Eigen nannte. Aber das wusste wohl ohnehin ein jeder. Viel wichtiger war, dass

Messie der Nachweis gelungen war, dass N'gara staatliche Gelder veruntreute und ein geheimes Konto in der Schweiz unterhielt, auf dem sich zurzeit zweiundvierzig Millionen Franken befanden – und was das Allerwichtigste war: Messie hatte die Daten der Bank so manipuliert, dass N'garas Vermögen laut Kontostand innerhalb einer Millisekunde auf einen einzigen Franken zusammengeschrumpft war. Der Mann hatte seit einer halben Stunde ein ernstes Problem und nur das Team konnte ihm da wieder heraushelfen. – Jedenfalls sofern es lange genug am Leben blieb. Die Raketen der *Mirage* hätten den kleinen Lear-Jet im Handumdrehen in einen Feuerball verwandelt. So gesehen war es fast schon beruhigend, dass der Kampfjet neben und nicht hinter ihnen blieb. In diesem Winkel konnte er zumindest nicht feuern.

Seit der Pilot der *Mirage* seine letzte, endgültige Anweisung abzudrehen gegeben hatte, waren noch keine zehn Sekunden vergangen. Fiona aktivierte das Mikrofon, gab die Kennung des Lear-Jets durch und erklärte ihm kurzerhand, dass sie auf jeden Fall beabsichtige in Okanga zu landen. Erstens sei der Lear-Jet defekt und zweitens habe sie einen gewissen Mister Wilken an Bord, der auf Empfehlung von Monsieur Haensel aus Genf Gouverneur N'gara einen kleinen Besuch abstatten wolle, und so könne man Mister Wilken doch die Anreise aus der Hauptstadt ersparen.

Nun war die Katze aus dem Sack. Der Tower in Okanga hatte mitgehört, und die Aufforderung, sofort abzudrehen, wurde »zum letzten Mal« wiederholt. Fiona blieb dennoch gelassen und empfahl dem Dienst habenden Flugleiter – angeblich im Auftrag von Mister Wilken – beim Gouverneur anzurufen. Unverdrossen hielt sie Kurs und beachtete den Jäger an ihrer Seite nicht.

Der Pilot der *Mirage* hatte das Gespräch zwischen Fiona und dem Tower mitgehört und von seinem Vorgesetzten die Anweisung erhalten, vorläufig nichts zu unternehmen.

Trotzdem ließ er seine Maschine unvermittelt zurückfallen. Wilkens Puls begann zu rasen: Das Jagdflugzeug war in Angriffsstellung gegangen.

»Irgendetwas kitzelt mich im Nacken!«, meinte Brunél und zeigte auf den Schirm des Rundumradars. Wilken stand mit pochendem Herzen auf und steckte seinen Kopf durch die schmale Öffnung zum Cockpit. Der Bildschirm zeigte, dass das Jagdflugzeug sich nun etwa eine halbe Meile hinter ihnen befand. Wenn der Pilot jetzt eine der Raketen mit Thermo-Suchkopf abfeuerte, blieben ihnen vielleicht noch zehn Sekunden, bis der Sprengsatz sich in eines ihrer Triebwerke bohrte.

»Setz dich besser und zieh den Gurt fest!« Fiona schien auch so ihre Bedenken zu haben, aber sie sah Wilken über die Schulter hinweg fröhlich feixend an. »Wenn der Bursche einen nervösen Daumen hat, muss ich vielleicht ein Ausweichmanöver fliegen, und dann kommt erst mal richtig Schwung in die Tragflächen!«

Wilken ließ sich schicksalsergeben in seinen Sitz fallen und tat, was Fiona gesagt hatte. Es machte ihn noch nervöser, dass er den Bildschirm nicht mehr beobachten konnte. Wenn der Pilot eine Rakete zündete, würde sich ein Lichtpunkt von dem grün leuchtenden Fleck unterhalb der Bildschirmmitte lösen und er wäre immerhin vorbereitet. Aber so ... Tief unter dem Jet schlängelte sich das glitzernde Band cines Flusses durch die Savanne, aber Wilken nahm das kaum wahr. Vor seinem geistigen Auge erschien immer wieder das Bild einer Pilotenhand am Abzugshebel: Der Daumen hatte die Sicherungsklappe am Steuerknüppel bereits angehoben und verharrte nun wenige Millimeter über dem Feuerknopf, bereit, sofort abzudrücken, wenn der Befehl kam.

Der Lautsprecher gab ein Jaulen von sich und Messie meldete sich über Satellit.

»Gespräch auf Militärfrequenz!«

Worte in einer unbekannten Sprache waren zu hören.

»Wahrscheinlich ein einheimischer Dialekt«, vermutete Fiona. »Übersetz das!«, forderte sie Messie auf.

Es dauerte eine Sekunde, bis der Befehl die I.B.F.-Zentrale erreichte, nur eine weitere Sekunde verging, bis Messie die nötigen Programme aufgerufen und ihr Sprachwissen durchforscht hatte, und eine dritte Sekunde benötigte die Übersetzung auf ihrem Weg über den Satelliten, dann drangen laut und klar in bester Londoner Umgangssprache die Worte aus dem Lautsprecher.

»Bist du noch hinter dem Jet?«, wollte der Mann im Tower von dem Piloten wissen.

»Ja, Sir! Was sind denn das für Idioten?«

»Wenn ich das wüsste!« Messie schaffte es sogar, einen Anflug von Ratlosigkeit in die übersetzten Worte des Flugleiters zu legen. »Ich kann den Gouverneur nicht erreichen. Keine Ahnung, ob er diesen Haensel kennt oder diesen Wilken erwartet. Die Entscheidung liegt jetzt allein bei dir! Sieht es wie ein Angriff auf die Airbase aus?«

»Eigentlich nicht, Sir!« Messie gab der Stimme des Piloten einen jugendlich-frischen Klang. »Ist ein hübsches kleines Flugzeug. Wär schade drum!«

»Dann bleib dahinter«, entschied der Mann im Tower. »Ich sage ihnen, dass sie landen dürfen, verhaften können wir sie dann immer noch. Wenn sie aber irgendwelche Zicken machen, dann knall sie auf der Stelle ab!«

»Alles klar, Sir!«, bestätigte der Pilot mit seiner sympathischen Stimme. »Dahinter bleiben und bei auffälligen Flugmanövern sofort abschießen!«

Wilken schluckte. Der Mann im Okanga-Tower antwortete nicht mehr, sondern wandte sich auf der Normalfrequenz an Fiona: »Ich erlaube Ihnen, sich dem Okanga-Airport auf direktem Weg zu nähern und auf dem zivilen Teil zu landen. Bereiten Sie sich darauf vor, direkt nach der Landung in Gewahrsam genommen zu werden. Inwieweit das auch für Ihren Passagier gilt, werde ich später entscheiden. Bestätigen Sie bitte!«

»Okanga direkt anfliegen und in Handschellen landen!«, wiederholte Fiona. »Danke!«

»Die werden schon noch merken, wer die *Idioten* sind, die hier kommen!«, presste Brunél ärgerlich zwischen den Zähnen hervor. »*Schade um das Flugzeug!* Pass mal auf, dass nicht noch was anderes schade ist, wenn ich dich erst mal erwische! Könnte nämlich sein, dass es dann um deine Nase schade ist!«

»Nimm's nicht so schwer!«, munterte Fiona ihren Copiloten auf. »Bereite dich lieber auf deine Verhaftung vor. Afrikanische Militärgefängnisse sollen besonders interessant sein!«

»Sobald ich den Gouverneur gesprochen habe, seid ihr wieder draußen!«, schaltete Wilken sich ein. »Fliegt ihr nur immer schön brav geradeaus, wie es der Onkel gesagt hat, der Rest erledigt sich dann von alleine.«

Brunél war aber nicht gewillt sich einfach so beruhigen zu lassen. Er *wollte* sich aufregen und dazu war ihm gerade jeder Anlass recht. Wilken kannte das bereits: Er selbst wurde bei Gefahr äußerlich immer ruhiger, Fiona wurde immer lustiger und machte Witzchen, über die keiner lachen konnte – und Brunél schimpfte eben wie ein Rohrspatz, um die Spannung abzubauen.

»Ihr seid mir vielleicht Optimisten!«, zeterte er wieder los. »Und was ist, wenn dein Gouverneur gerade auf dem Weg nach Europa ist und erst in einem Monat zurückkommt?«

»Dann holt Alex uns eben in einem Monat raus«, grinste Fiona ihn an. »Wo liegt da das Problem?«

François gab einen ärgerlichen Laut von sich und hielt beleidigt den Mund.

Wilken prägte sich das von Messie beschaffte Bild des Gouverneurs noch einmal ein, lehnte sich zurück und schloss die Augen. N'gara befand sich in der Stadt, das hatte Messie anhand einiger Telefongespräche ermittelt, von dieser Seite waren keine Schwierigkeiten zu erwarten. Das Problem lag aus seiner Sicht vielmehr darin, dass sie etliche tausend Fuß hoch durch die Luft rasten, einen feuerbereiten Kampfjet hinter sich und – was fast noch schlimmer war – die Landung auf einem völlig unbekannten Rollfeld in der Savanne vor sich ...

Knapp zwanzig Minuten später standen Fiona, François und Alex vor dem Schreibtisch eines älteren, dicken Uniformierten mit hohem militärischem Rang auf der Okanga-Airbase. Die Landung war glatt verlaufen, Fiona hatte den Jet weisungsgemäß in einem Ring aus mit Gewehren bewaffneten Soldaten gestoppt, die sich vor dem flachen Verwaltungsgebäude aufgebaut hatten. Die Männer hatten die Maschine gründlich durchsucht und sie waren alle drei vorläufig festgenommen worden.

»Sie stehen unter Spionageverdacht«, teilte der Generalmajor den dreien mit. »Ein sehr ernster Vorwurf in unserem Land, das können Sie mir glauben! Aber vielleicht können Sie den Verdacht ja entkräften. Nun sagen Sie mir doch bitte mal, wie Sie auf die Idee gekommen sind, Ihre Flugroute zur Hauptstadt zu verlassen.«

»Vorübergehende Temperaturerhöhung und Leistungsabfall der linken Turbine!« Fiona sah dem Mann gerade ins Gesicht und ihre Stimme hatte einen festen Klang. »Wir suchten einen Platz, an dem wir notlanden konnten, und hatten eigentlich mit Ihrer Hilfe gerechnet.«

»Vorübergehend, ja?« Der Uniformierte lehnte sich weit in seinem Chefsessel zurück. »*Sehr* vorübergehender Turbinenschaden, wie mir scheint!«

»Glücklicherweise!«, bestätigte Fiona mit einem Lächeln. »Aber trotzdem wäre ich Ihnen dankbar, wenn mein Techniker«, sie nickte in Brunéls Richtung, »und ich Ihre Einrichtungen nutzen dürften, um das Triebwerk einmal durchzuchecken.«

»Aber selbstverständlich!« Der Uniformierte breitete seine Arme in einer herzlichen Geste aus. »Wer könnte einer so schönen Frau eine Bitte abschlagen? Benutzen Sie unseren Hangar und unsere Werkzeuge, solange Sie wollen. Sie stimmen mir doch sicher zu, dass eintausendfünfhundert Dollar am Tag nicht zu viel verlangt sind, nicht wahr?«

»Aber nein«, strahlte Fiona ihn an, »überhaupt nicht! Kann ich die Gebühr vielleicht gleich hier bei Ihnen entrichten?«

»Ich liebe es, wenn die Leute, die zu mir kommen, mich so gut verstehen!«, sagte der Uniformierte und zog eine Schublade seines Schreibtischs auf.

»Ich denke, mit eintausend Pfund Sterling dürfte die Gebühr doch auch beglichen sein?«, vermutete Fiona und fing an in ihrer flachen Mappe herumzukramen.

»Aber Verehrteste, wir sind hier ein internationaler Flughafen, wenn wir zurzeit auch nicht sehr stark frequentiert werden«, erinnerte der Uniformierte. »Sie können die Gebühr natürlich in *jeder* harten Währung entrichten.«

»Fein!«, freute Fiona sich, trat um den Schreibtisch herum und ließ ein Bündel Pfundnoten in die Schublade gleiten. »Könnten Sie mir vielleicht ein Hotel in der Stadt empfehlen? Unter Umständen dauert die Reparatur ja etwas länger.«

Wilken meinte fast, Dollarzeichen in den Augen des Uniformierten aufblitzen zu sehen. Die Möglichkeit, sich noch ein paar gepfefferte Tagessätze Hangarmiete in die eigene Tasche zu stecken, elektrisierte ihn förmlich.

»Haben Sie mittlerweile noch einmal versucht Gouverneur N'gara zu erreichen? Ich habe eine wirklich sehr wichtige Mitteilung für ihn!«, sagte Wilken, als der dicke Uniformierte Fiona die Adresse des besten Hotels der Stadt genannt hatte.

»Darüber möchte ich gleich mit Ihnen reden«, entgegnete der entschieden. Obwohl er saß und Wilken stand, brachte dieser Mann es fertig, ihn von oben herab anzuschauen. Er wandte sich an Fiona und François: »Ich denke, es ist nun an der Zeit, dass Sie sich um Ihre Maschine kümmern!« Im Klartext bedeutete dies: »Verschwindet, Pilotenpack! Und zwar ein bisschen plötzlich!«

Der Uniformierte wartete, bis die Tür sich hinter Brunél geschlossen hatte. »Und nun zu Ihnen, Mister ...«, er sah auf einen Zettel, der auf seinem Schreibtisch lag, »... Wilken! Sie wollen Gouverneur N'gara sprechen! Warum? – Oh, bitte setzen Sie sich doch!«

»Sie können Ihr Versteckspiel jetzt aufgeben, Mister N'gara!« Wilken zog sich einen Stuhl heran und setzte sich rittlings darauf. »Die Piloten sind ja nun weg und ich wäre ein schlechter Erpresser, wenn ich mein Opfer nicht kennen würde!« Er lächelte den Gouverneur und Generalmajor freundlich an.

N'gara war für einen winzigen Moment irritiert, aber dann lachte er spöttisch auf. »Erpresser? Womit, um alles in der Welt, meinen Sie mich erpressen zu können und was haben Sie mit Monsieur Haensel zu tun?«

»Lassen Sie mich von Anfang an erklären.« Wilken nahm eine bequeme Haltung ein. Er sah N'gara einen Moment lang schweigend in die Augen, bevor er weitersprach: »Sie haben über zwanzig Jahre hinweg ein Vermögen gescheffelt, indem Sie Ihr eigenes Volk ausgeblutet haben.«

»Na, na! Eine gewagte Behauptung!«, fiel N'gara ein. »Haben Sie dafür vielleicht Beweise?«

»Reichlich! Aber das ist eher uninteressant. Tatsache ist, dass in dieser Provinz kein Haus und keine Straße gebaut werden kann, ohne dass Sie dabei abkassieren. Jeder Geschäftsmann und jede Marktfrau müssen an Sie – ich betone: an *Sie* und nicht in die Staatskasse – zahlen, und wenn eine ausländische Firma hier ein paar Traktoren verkaufen will, wird sie ebenfalls zur Kasse gebeten.«

»Und *damit* wollen Sie mich erpressen?«, lachte N'gara ungläubig. »Wie kann man nur so naiv sein! Meinetwegen können Sie diese Informationen an die Presse des ganzen Kontinents weitergeben! Und wenn schon! Von mir bekommen Sie kein Schweigegeld! Nicht eine Münze!«

»Womit wir also beim Thema wären.« Wilken hob die Hand und streckte den Zeigefinger in Richtung des Gouverneurs aus. »Nun kommen die *wirklich* interessanten Neuigkeiten: Sie verfügen derzeit über keinerlei Vermögen mehr. Das Geld, das Sie in der Schweiz gebunkert haben, ist weg.«

Jetzt zeigte N'gara zum ersten Mal eine Reaktion. Er zog die Augenbrauen hoch und legte den Kopf schräg. Über den Schreibtisch hinweg sah er Wilken an, als sei der nicht ganz bei Trost. »Ach, ich soll also pleite sein?«

»Ihr Konto in Genf ist bis auf einen einzigen Franken abgeräumt«, bestätigte Wilken freundlich.

»Weiß Monsieur Haensel davon?« N'gara versuchte den Anschein äußerster Ruhe zu wahren, aber Wilken sah, dass er schluckte.

»Ich denke doch, dass Ihr Bankier die Räumung des Kontos schon bemerkt haben wird«, sagte er. »Zweiundvierzig Millionen Franken sind schließlich kein Pappenstiel!«

Bei der Nennung der exakten Summe krampfte N'garas Rechte sich unwillkürlich zur Faust zusammen. Spätestens jetzt ahnte er, dass Wilken nicht bluffte, wenn er sich auch beim besten Willen nicht erklären konnte, wie dieser Kerl die Sicherheitscodes der Bank geknackt haben sollte.

»Gehen wir für den Rest des Gesprächs also davon aus, dass Sie Ihr gesamtes Vermögen verloren haben – oder besser gesagt: dass es von mir in Sicherheit gebracht wurde.«

»Sie sprachen von Erpressung«, erinnerte sich N'gara. »Was wollen Sie eigentlich hier, wenn Sie das Geld doch angeblich eh schon haben?«

»Ich habe in diesem Land etwas zu erledigen und ich möchte, dass Sie mich dabei unterstützen.«

»Und wenn ich Ihnen helfe ...«

»... bekommen Sie das Geld zurück«, ergänzte Wilken.

»Und wenn nicht?«

»Dann sehen Sie es niemals wieder. Das Geld ist im Augenblick auf einem Konto in Liechtenstein geparkt und bis auf zwei Franken fünfzig Rappen Überweisungsgebühr noch vollständig vorhanden. Betrachten Sie es einfach als ein riesiges Puzzle, das noch komplett zusammengesetzt ist und sich bloß in einem anderen Raum befindet. Es ist in Sicherheit! Wenn Sie mir aber irgendwelche Schwierigkeiten machen, dann wird das Puzzle zerbrochen und die einzelnen Teile werden über alle Länder der Erde verstreut. Es gibt so viele Organisationen auf der Welt, die sich über eine Spende in Höhe von tausend Franken freuen würden – und damit wir uns auch richtig verstehen: Ich spreche von wirklich bedürftigen Einrichtungen! Das Geld wäre in den meisten Fällen schon weg, bevor Sie überhaupt noch herausbekommen hätten, wohin es gegangen ist! Zweiundvierzigtausend Überweisungen zu je eintausend Franken. Was meinen Sie – wie viele Leben würden Sie brauchen, um auch nur eine Liste der Empfänger zu erstellen? Das schöne Puzzle wäre für alle Zeiten zerstört. Die Teile wären nicht nur versteckt – sie hätten sich sogar in Luft aufgelöst! Na, wie gefällt Ihnen der Gedanke?«

Generalmajor N'gara war während Wilkens Vortrag ganz ruhig geworden und seine Haltung war tadellos. Interessiert hatte er zugehört und ab und zu verstehend zu Wilkens Worten genickt. Der Mann ließ sich wirklich keine Schwäche anmerken.

»Gut!« N'gara beugte sich ein wenig vor. »Ihre Worte

lassen an Deutlichkeit nichts zu wünschen übrig, Mister Wilken, und ich will Ihnen in nichts nachstehen. Am Ende des Gangs gibt es eine kleine Kantine für das Personal. Ich schlage vor, dass Sie für eine Weile dort warten, bis ich ein paar Telefonate geführt habe. Trinken Sie in Ruhe eine Cola oder essen Sie eine Kleinigkeit! Sollten dann ein paar Männer erscheinen und Sie abführen, um Sie am Rand des Rollfeldes zu erschießen, werden Sie wissen, dass Sie zu hoch gepokert haben. Wenn Ihre Angaben jedoch stimmen, freue ich mich auf die Fortsetzung unseres Gesprächs.«

»Ganz meinerseits!« Wilken stand auf und öffnete die Tür. »Sie brauchen Monsieur Haensel übrigens nicht von mir zu grüßen«, sagte er, bevor er auf den Gang hinaustrat. »Er kennt mich sowieso nicht!«

Wilken atmete auf, als er den Raum verließ und kurz darauf allein die Kantine betrat. Bis hierher war alles glatt gegangen. Blieb nur zu hoffen, dass der Überrumpelungseffekt lange genug vorhielt, um N'gara von François und Fiona abzulenken. Wenn er auf die Idee kam, die beiden als Geiseln zu nehmen, wäre wahrscheinlich erst einmal alles gelaufen und Messie würde dann einiges an Phantasie aufbringen müssen, um sie wieder herauszuhauen. Was sie hier trieben, war ein gefährliches Spiel ...

»Sie sind verrückt!«, stellte N'gara fest, als er Wilken nach einer knappen halben Stunde wieder in sein Büro hatte bitten lassen. »Sie *müssen* verrückt sein! Wenn Sie mich schon um zweiundvierzig Millionen Franken erleichtert haben – warum, um alles in der Welt, kommen Sie dann auch noch hierher? Geht es um einen *noch höheren* Gewinn?«

Erleichtert stellte Wilken fest, dass N'gara tatsächlich nur an sein Geld dachte. In aller Seelenruhe entgegnete er: »Völlig richtig! – Sie haben sich mittlerweile davon überzeugen können, dass ich die Wahrheit sage?«

»Allerdings!« N'gara nickte grimmig. »Und ich möchte, dass Sie die Transaktion sofort wieder rückgängig machen, weil ich Sie sonst nämlich ...«

»Es hat keinen Sinn, mir zu drohen«, schnitt Wilken dem Generalmajor das Wort ab. »Ich weiß sehr genau, was Sie am liebsten mit mir machen würden. – Sie werden das Geld in dem Moment zurückerhalten, in dem ich Ihr Land unversehrt verlasse, und es liegt ganz bei Ihnen, wie schnell das sein wird.«

»Stellen Sie Ihre Forderungen, bevor ich die Geduld verliere!« N'garas Gesicht war grau vor Wut. »Also – was wollen Sie?«

»Einen Wagen, reichlich Treibstoff, Wasser und Lebensmittel für drei Tage und einen Scout, der sich hier in der Gegend auskennt.« Wilken hatte keine Zeit zu verlieren. »Das Ganze innerhalb der nächsten Stunde. Ich möchte noch heute Abend starten! Außerdem brauche ich einen Passierschein von Ihnen, damit ich nicht etwa von Patrouillen aufgehalten werde.«

»Wo soll die Fahrt denn hingehen? Vermuten Sie hier irgendwo Bodenschätze?«

»Das wird Ihnen der Scout sicher erzählen, wenn meine Mission erfüllt ist.«

»Es wäre mir ein Vergnügen, Ihnen ein wenig mehr Respekt beibringen zu lassen!« N'gara sah Wilken für lange Augenblicke starr an.

»Ich weiß«, antwortete der nur. »Wenn Sie dann bitte die notwendigen Anweisungen geben würden?« Er deutete auf das Telefon.

Generalmajor N'gara saß noch einen Moment lang still da. Was ging in ihm vor? Wilken registrierte, dass er die Hand unter die Tischplatte gleiten ließ, und sein Herz begann schneller zu schlagen. Was, wenn er doch noch die Nerven verlor und einen Revolver zog? Wenn seine Bereitwilligkeit nur gespielt gewesen war, um Zeit zu gewinnen? N'gara funkelte Wilken aus bösen Augen an. Hatte er Fiona und François vielleicht doch verhaften lassen? Es wäre eine Kleinigkeit für ihn gewesen, nun Wilken mit deren Erschießung zu erpressen.

Der Augenblick schien eine Ewigkeit zu dauern. Plötzlich zog N'gara ruckartig die Hand hervor – und griff seufzend nach dem Telefonhörer.

Silly

Als Jikal die erste Reihe der olivgrünen Zelte passierte, um sich bei Sergeant Krysuda zum Dienst zu melden, war dies der Abschied von seinem bisherigen Leben. Es war fast so schlimm wie der Tag, an dem die Familie ihr Haus in der Heimat hatte verlassen müssen. Das Gefühl der Beklemmung in seiner Brust war zu Angst und Trauer geworden. Das Schlimmste für ihn aber war, seine Mutter, Sunny und Joel allein im Flüchtlingslager zurücklassen zu müssen.

Um sich selbst machte Jikal sich nicht allzu große Sorgen, wenn er auch schreckliche Geschichten aus dem Krieg gehört hatte. Als er und seine Familie noch zu Hause gewohnt hatten, waren manchmal bettelnde Kinder vorbeigekommen, die als Rekruten gedient und entweder den Regierungstruppen oder der Rebellenarmee davongelaufen waren. Jikals Mutter hatte immer eine Kleinigkeit zu essen für diese Jungen gehabt, von denen einige verwundet oder verkrüppelt gewesen waren, und so hatten manche Berichte von den Kämpfen auch Jikals Ohren erreicht: Es war ein unfaires, ein mörderisches Spiel, das die erwachsenen Soldaten mit den Kindern trieben. Sie rekrutierten sogar schon Zehnjährige, und wenn gerade keine Kämpfe stattfanden, hatten die Kleinen die schwersten und schmutzigsten Arbeiten im Lager zu verrichten. Wenn es dann aber zum Gefecht kam, mussten sie den gut bewaffneten Soldaten vorausmarschieren – in vorderster Linie geradewegs in das feindliche Feuer hinein.

Jikal hatte bereits einen Entschluss gefasst: Für diese Feiglinge, die Kinder, die kaum älter als Joel waren, als Schutzschilde benutzten, würde er sein Leben nicht riskieren! Sollte es je zu Kampfhandlungen kommen, würde er so weit und so schnell wie möglich fortlaufen. Aber bis dahin konnte die Armee ihn ruhig ernähren.

Sergeant Krysuda war ein ziemlich netter Mann, soweit Jikal das feststellen konnte, denn als Erstes schickte er ihn in das Kochzelt, damit er sich seine Abendration holen konnte, die der Koch ihm auch sofort gab. Dann wies Krysuda Jikal ein Zelt zu, in dem er ab jetzt schlafen und essen sollte. Es war ein großes Zelt mit insgesamt zwölf Schlafstellen, von denen acht belegt zu sein schienen. Jikal überlegte, wo er seine Decke ausbreiten sollte, beschloss aber noch zu warten, denn ein kleiner Junge fegte gerade mit einem kurzen Bündel Reisig den nackten Boden und es staubte furchtbar. Jikal deckte mit der freien Hand hastig sein Essen ab. Er sah sofort, dass mit dem Jungen etwas nicht stimmte. Der kleine Bursche hatte einen etwas einfältigen Gesichtsausdruck und seine Bewegungen waren irgendwie unbeholfen und tapsig.

»Das ist Silly«, erklärte der Sergeant laut. »Wie er

wirklich heißt, weiß er selbst nicht. Silly passt aber gut, weil er nie begreift, was er machen soll. Keiner will etwas mit ihm zu tun haben, weil er so blöd ist, darum bleibt er als Zeltwache hier, wenn die anderen Dienst machen. – Na, Silly«, sprach er den Jungen an, »da werden sich die Jungs aber freuen, dass du ihnen die Schlafdecken so gründlich einstaubst! Bring das lieber in Ordnung, sonst setzt es nachher wieder Prügel!«

Silly hatte in keiner Weise reagiert, als Krysuda ihn blöd genannt hatte, und auch die übrigen Worte des Sergeanten schien er gar nicht wahrgenommen zu haben. Unverdrossen fegte er weiter und es sah aus, als würde er seine Anstrengungen sogar noch verdoppeln, um den Sergeanten zu beeindrucken. Als er jedoch das Wort »Prügel« hörte, hielt er sofort inne und sah Krysuda und Jikal verwirrt an.

»Alles dreckig!«, sagte Krysuda und zeigte auf die Decken. »Sauber machen!«

Langsam wandte Silly den Kopf und starrte mit halb geöffnetem Mund auf die staubgepuderten Schlafstellen seiner Zeltgenossen. Für einen Moment war es ganz still und Jikal hörte, wie ein leises, entsetztes »Oh!« über die Lippen des Jungen drang. Dann schaute er den Besen in seiner Hand traurig an, so, als sei der schuld an der Sauerei.

Jikal hörte, wie der Sergeant neben ihm das Lachen unterdrückte, und es sah auch wirklich komisch aus, wie der kleine Kerl im Zelt stumme Zwiesprache mit seinem Besen hielt, dennoch blieb Jikal das Lachen im Halse stecken.

Unvermittelt ließ Silly den Besen los, als hätte der zu glühen begonnen, eilte zur nächsten Schlafstelle und begann planlos die Decken herunterzureißen.

Krysuda schüttelte lachend den Kopf und wandte sich wieder Jikal zu, der steif wie ein Stock dastand und nicht wusste, wie er mit der Situation umgehen sollte. »Er ist hopeless!«, sagte Krysuda zu ihm und machte eine bezeichnende Geste in Richtung Silly, und wenn man in Westafrika jemanden als »hoffnungslos« bezeichnet, dann ist er es auch. Silly würde es nie zu etwas bringen, egal, wie sehr er sich auch bemühte. Er war ohne Begabung, ohne Geschick und ohne Glück – ohne Hoffnung eben. Der Junge tat Jikal Leid.

»Morgen früh, wenn die anderen zum Dienst gehen, schließt du dich ihnen einfach an«, wies Krysuda ihn an, und zuallerletzt verbot er ihm ausdrücklich und bei schwerer Strafe das Lager der Soldaten zu verlassen. Dann ließ er ihn mit Silly allein.

Jikal sah sich nach etwas um, womit er sein Essen abdecken konnte. Am Zelteingang lag ein kleiner Stapel zerbrochener Kisten, die wohl als Feuerholz dienen sollten. Er nahm ein dünnes Brettchen, pustete den Staub fort und legte es über die Konservendose mit dem Reis.

Silly versuchte inzwischen, so gut er es verstand, Ordnung zu machen. Statt nun aber eine Decke nach der anderen draußen auszuschütteln, nahm er sich aus lauter Angst und Eile gleich alle auf einmal, zog sie hastig vor das Zelt, warf sie auf den Boden und begann unbeholfen mit der erstbesten herumzuwedeln. Als die

Decke einigermaßen sauber war, warf er sie in den Staub und nahm sich die nächste vor.

So wurde das nichts. »Komm, ich helfe dir«, bot Jikal an und ging auf den Jungen zu. Aber kaum hatte er nach der Decke gegriffen, stieß Silly einen angsterfüllten Schrei aus und riss sie ihm blitzschnell wieder aus der Hand. Er presste sie verschreckt an seinen Körper, so, als habe Jikal sie stehlen wollen.

»Hau ihm einfach ein paar rein!«, riet ein junger Soldat im Vorbeigehen. »Das ist 'n Volltrottel!«

Silly sah erschreckt zu ihm hinüber und wich zwei Schritte vor Jikal zurück.

»Ich will dir nichts tun!« Jikals Ton war ruhig und er ging mit einem freundlichen Lächeln ganz langsam auf den völlig verwirrten Silly zu, der noch immer nicht verstanden hatte, dass Jikal ihm nur helfen wollte. »Komm, wir machen das zusammen! Ich helf dir dabei!«

Zögernd ließ Silly es zu, dass Jikal wieder nach der Decke griff, dann klärte sich sein Gesicht auf. Er lächelte und gab die Decke so weit frei, dass sie sie gemeinsam ausschlagen konnten. Jikal legte sie zusammen und deponierte sie auf dem Holzstapel. So reinigten sie Decke für Decke. Silly strahlte Jikal die ganze Zeit ungläubig an, als habe dieser ihm völlig unverhofft ein großartiges Geschenk gemacht, und so war es wohl auch. Silly war einfach nicht an Freundlichkeit gewöhnt und Jikals einfache Geste der Hilfsbereitschaft war mehr, als er verarbeiten konnte.

Leider war Sillys Freude nicht von langer Dauer,

denn es stellte sich heraus, dass er nun nicht mehr wusste, welche Decke an welchen Platz gehörte. Unruhig lief er vor dem Deckenstapel auf und ab und Jikal merkte, wie die Angst immer mehr von dem Jungen Besitz ergriff. Helfen konnte er ihm jetzt aber auch nicht mehr, also breitete er seine eigene Decke auf einem der freien Plätze aus und holte sich sein Essen.

Die Konservendose, die der Koch für ihn mit Reis gefüllt hatte, war scharfkantig und Jikal musste aufpassen sich nicht zu verletzen, wenn er mit den Fingern hineingriff. Der Koch hatte ihm gesagt, dass diese Ananasdose nun sein Essgeschirr sei und dass er kein Essen bekommen würde, wenn er sie bei der Verteilung nicht dabeihabe. Jikal nahm sich vor, die Schnittkanten zu glätten, und überlegte gerade, wie er das am besten anstellen solle, als ein Schatten auf seine Hände fiel.

Jikal sah auf. Silly hatte sein Problem mit den Decken scheinbar völlig vergessen und stand nun etwa einen Meter vor ihm. Sogar jetzt, wo er einfach nur dastand, sah er mit den leicht nach innen gestellten Füßen und den fest an den Körper gepressten Armen irgendwie tollpatschig aus. Wie gebannt starrte er auf Jikals Konservendose, die noch halb voll Reis war. Er schien alles um sich herum vergessen zu haben. Seine Augen waren weit geöffnet und seine Kiefer machten unbewusst kauende Bewegungen.

»Hast du Hunger?« Eigentlich gab es für Jikal überhaupt keinen Grund, sein wertvolles Essen mit diesem fremden Jungen zu teilen, aber die Frage war ihm herausgerutscht, bevor er überhaupt überlegen konnte.

Silly nickte heftig, blieb aber ruhig auf seinem Platz stehen.

»Dann hol dir dein Essgeschirr«, seufzte Jikal und wie der Blitz verschwand Silly in der dunkelsten Ecke des Zelts, um kurz darauf mit einer rostigen Konservendose zurückzukehren. Dicht vor Jikal hockend hielt er ihm das schmutzige Gefäß auffordernd entgegen.

»Willst du das nicht erst mal sauber machen?«, schlug Jikal vor, aber als Silly die Dose so drehte, dass er hineinschauen konnte, stellte er fest, dass sie innen sauber ausgewischt war. Mit einem Seufzer trat er dem Jungen etwa ein Drittel seiner Ration ab und Silly fing sofort an, den Reis in sich hineinzuschlingen.

Der Zelteingang verdunkelte sich. Plötzlich standen etliche Jungen dort und sahen zu Jikal und Silly hinüber. »Was macht ihr denn da? Wer bist du? Warum liegen unsere Decken draußen?«

Silly setzte sich hastig die rostige Dose an die Lippen und schüttete sich den ganzen Reis auf einmal in den Mund, als habe er Angst, jemand könne ihm das Essen wegnehmen.

Jikal nannte seinen Namen, und da er sowieso gerade fertig geworden war, stand er auf. Ein stämmiger Bursche, der vielleicht in seinem Alter sein mochte, schob sich an den anderen Jungen vorbei und baute sich in der Mitte des Zeltes auf. »Ich bin Winston!«, stellte er sich vor. »Ich bin der Bossboy hier, damit du das gleich weißt!«

Jikal hob schweigend die Schultern. Irgendjemand musste ja der Boss sein, und da war ihm Winston im Moment genauso recht wie jeder andere.

»Ich bin freiwillig hier, weil ich bald regulärer Soldat und dann Offizier werde«, fuhr Winston großspurig fort. Er sah Jikal ärgerlich an, weil der sich von den Worten gar nicht beeindrucken ließ. »Alle hier machen, was ich sage – und du auch!«

»Ah, ja!« Jikal war zwar der Meinung, dass Sergeant Krysuda das Kommando über die Rekruten habe, aber was machte es für einen Sinn, sich gleich am ersten Abend mit dem selbst ernannten Chef der Gruppe anzulegen?

»So!« Winston stemmte die Hände in die Seiten. »Und was ist jetzt mit unseren Decken?« Bedrohlich schob er sich auf Silly zu, der ängstlich immer weiter zurückwich. »Rede!«

»Ich, ich …«, stammelte der viel kleinere Junge und es war klar, dass er vor lauter Angst kein weiteres Wort herausbringen würde.

»Wir haben die Decken ausgestaubt, weil sie beim Fegen schmutzig geworden sind«, schaltete Jikal sich ein.

»Wer hat dir gesagt, dass du das machen sollst?« Winston beachtete Jikal gar nicht, sondern tat so, als habe Silly selbst geantwortet. Er schob sich immer weiter auf den Kleinen zu, der jetzt mit dem Rücken an der Zeltwand stand und nicht mehr ausweichen konnte. Blitzschnell versetzte er ihm einen Faustschlag auf den Oberarm. Silly schrie vor Schreck und Schmerz laut auf und krümmte sich zu Winstons Füßen zusammen.

Jikal merkte, wie ihm die Hitze ins Gesicht schoss. Er war in einem Elternhaus aufgewachsen, in dem man respektvoll mit anderen umging, und das galt vor allem für Schwächere. Dieser Winston spielte sich in Jikals Augen so unerträglich auf, dass seine Wut innerhalb von Sekunden zum Siedepunkt hochgekocht war. Trotzdem griff er noch nicht ein, sondern sah zum Zelteingang, wo die anderen Jungen sich drängten, um zu sehen, wie Silly seine Abreibung bekam. Was würden sie tun, wenn er Winston die Meinung sagte? Was Winston selbst tun würde, das war Jikal schon klar und seine Hände ballten sich unwillkürlich zu Fäusten.

Zum Glück ließ Winston aber von Silly ab, der immer noch vor ihm kauerte und die Arme schützend über dem Kopf verschränkt hielt. »Holt eure Sachen wieder rein!«, wies er die anderen Jungen an und sofort begann ein wildes Durcheinander, weil alle hin und her liefen und ihre Betten wieder einrichteten. »Du holst meine Decke und baust dort mein Bett! Aber ordentlich!«, sagte Winston dann in herrischem Ton zu Jikal.

Jikal war immer noch wütend und in seinen Augen verlor Winston von Sekunde zu Sekunde an Achtung, aber er beherrschte sich. Mit einem Schulterzucken drehte er sich weg, holte die letzte liegen gebliebene Decke und legte sie an der angegebenen Stelle aus.

Die Jungen waren bei Anbruch der Dämmerung vom Dienst gekommen, und als Jikal fertig war, konnte man im Zelt kaum noch etwas erkennen, so dunkel war es inzwischen geworden.

»Macht Feuer an!«, kommandierte Winston und keine Minute später flackerte ein kleines Lagerfeuer vor dem Zelt. Nach und nach fanden alle Jungen sich ein und hockten sich im Kreis um die Flammen. Auch Jikal ging nach draußen, nur Silly blieb im Zelt und kauerte sich in der Nähe des Eingangs nieder, wo die Zeltplane ihn so gut wie vollständig verdeckte. Jikal vermutete, dass er wohl auch dabei sein und an den Gesprächen der Jungen teilhaben wollte, sich aber nicht näher herantraute, weil er sich vor Winston fürchtete.

Mittlerweile war es vollkommen dunkel und nur noch die vom Feuer erleuchteten Gestalten der Jungen waren vor dem tiefschwarzen Hintergrund zu erkennen. Jikal kam es vor, als habe sich die Welt – *seine* Welt – nun auf diesen kleinen Kreis um die züngelnden Flammen herum verengt. Er sah sich die Gesichter der Jungen an und das Erste, was ihm auffiel, war, dass sie wirklich besser genährt waren als die Kinder im Flüchtlingscamp. Jetzt gehörte er, Jikal, selbst zu den Soldaten, die den Flüchtlingen das Essen vorenthielten. Er musste daran denken, wie sehr Sunny und Joel in den letzten Wochen abgenommen hatten. Ob Major Ironsy wirklich sein Versprechen gehalten hatte, Jikals Familie eine Extraration zu schicken?

Seit fast zwei Monaten war Jikal jetzt schon mit seiner Familie von zu Hause fort. Es war ein schönes kleines Haus in einer schönen kleinen Stadt gewesen. Im Garten hatte ein Mangobaum gestanden, der so gut trug, dass man aufpassen musste, dass einem die köstlichen Früchte nicht auf den Kopf fielen. Wohlhabend war die Stadt gewesen. Es hatte gepflasterte Straßen und eine öffentliche Schule gegeben, und wenn jemand sich verletzt hatte oder krank wurde, fand er im Krankenhaus Hilfe. Doch die Staatsmacht sah mit Missfallen auf die kleine Provinzstadt, die so viel schöner war als die Hauptstadt. Denn dort gab es große Elendsviertel, die meisten Straßen waren aus nackter Erde und elektrischen Strom gab es, wenn überhaupt, nur stundenweise. Was an Steuergeldern hereinkam, wurde fast vollständig für Regierung, Militär und protzige Bauvorhaben, die andere Staaten beeindrucken sollten, verbraucht. Für Krankenhäuser, Schulen und notwendige Reparaturen blieb fast nichts mehr übrig.

Der Präsident von Jikals Heimatland war zu dem Schluss gekommen, dass man in der kleinen Stadt nahe der Grenze Geld zurückhielt, das man eigentlich der Regierung hätte geben müssen, und das war in seinen Augen Rebellion. Er setzte die Armee in Marsch, um die Aufrührer zu entmachten und »die Ordnung wiederherzustellen«.

Da die Bürger der Stadt aber nicht bereit waren sich ihren hart erarbeiteten Wohlstand einfach so fortnehmen zu lassen, kam es nun wirklich zum Aufstand. Waffen wurden eingeschmuggelt und es gab Schießereien mit der Armee. Aus den Scharmützeln leiteten die Generäle das Recht ab, mit aller Härte gegen die Stadt und ihre Bewohner vorzugehen. Panzer rückten an, Flugzeuge schossen Raketen in den Ort, und das Letzte, was Jikal von seiner Heimat gesehen hatte, war der glutrot gefärbte Himmel über der brennenden Stadt.

Seit fast zwei Monaten war Jikal auf der Flucht. Er war mit seiner Mutter und seinen Geschwistern zusammen mit einigen hundert anderen Flüchtlingen über die Grenze in das Nachbarland gegangen, um dort Schutz zu suchen, und sie hatten nur das Allernotwendigste mitnehmen können. Von seinem Vater hatte Jikal kein Lebenszeichen, die Übrigen in der Familie hatten gehungert. Aber während der ganzen Zeit war er sich nicht so verloren vorgekommen wie heute. Der tägliche Kampf ums Überleben hatte verhindert, dass so etwas wie Heimweh in ihm aufkam, aber nun, als er am Lagerfeuer saß und nichts anderes mehr zu tun hatte als den Geschichten der Jungen zu lauschen, wurde es ihm klar: Er wollte zurück zu seinen Leuten. Zurück in sein Land, seine Stadt, sein Haus, und der Gedanke, dass die Familie Not litt, während er hier satt und untätig herumsaß, schnürte ihm die Kehle zu.

Als das Feuer heruntergebrannt war, tasteten die Jungen sich zu ihren Schlafstellen und bald war nur noch das gleichmäßige Atmen der Schlafenden zu hören. Jikal kam lange nicht zur Ruhe. In der Finsternis legte sich das Gefühl der Verlassenheit wie ein schwerer Stein auf seine Brust.

Seine Gedanken drehten sich fortwährend im Kreis und immer ging es um seine Familie. Er wusste, dass es lange dauern würde, bis er sie alle wieder sah, und dass zuvor viel Schreckliches geschehen würde. Die Bilder, die er in Noobidas Zauberspiegel gesehen hatte, tauchten wieder vor ihm auf und er hatte Angst. Würde er selbst verwundet werden? Die Blitze in der Nacht ... War es Raketenfeuer, wie damals bei dem Angriff auf seine Stadt? Würde er *doch* mit den Soldaten kämpfen müssen?

Jikal wusste nicht, was all die Bilder aus dem Zauberspiegel zu bedeuten hatten – aber er ahnte, dass er es schon bald erfahren würde.

Der Bossboy

In aller Frühe hatte man die Jungen geweckt und auf die Ladefläche eines Lastwagens klettern lassen, deren Seitenwände hoch wie Gefängnismauern schienen. Man brachte die jungen Soldaten in ein großes Armeecamp, um sie für den Kampfeinsatz ausbilden zu lassen.

Überall war Staub. Mehlfein wehte er über die offene Pritsche des Lastwagens, klebte auf der Haut und setzte sich in der Nase fest. Jikal und seine Kameraden hatten sich zunächst ihre Decken über den Kopf gehängt, um freier atmen zu können, aber als die Sonne höher stieg, war es so heiß geworden, dass sie es bald aufgegeben hatten. Kleidung, Körper, Haare – alles war gelb vom Savannenstaub. Jikals Zunge hatte einen pelzigen Belag und zwischen seinen Zähnen knirschte es. Sein Hemd war vollkommen durchgeschwitzt und klebte ihm am Körper.

Jikal öffnete die staub- und schweißverklebten Augen und schaute zum Himmel hinauf. Es kam ihm vor, als stände die Sonne schon seit Stunden senkrecht über dem Land und würde sich überhaupt nicht mehr bewegen.

Die Holzplanken der Ladefläche vibrierten und rüttelten bei jeder Unebenheit der Strecke, die noch nicht einmal den Namen Piste verdiente, denn es ging schon seit dem Morgen ohne erkennbare Straße ins Landesinnere hinein. Die Savanne war von dichten Grasbüscheln übersät, die auf winzigen Hügeln wuchsen. Wo der Wind den feinen Sand fortgeweht hatte, trat ein steinhartes Wellenmuster zutage, das berüchtigte »Wellblech«, das Menschen und Material gleichermaßen zermürbt.

Mittlerweile hatten alle Jungen ihre Decken mehrfach gefaltet und sich draufgesetzt, um die heftigsten Stöße ein wenig zu mildern, was aber nur im Ansatz gelang.

Am schlimmsten hatte es Silly getroffen, der noch nicht einmal eine eigene Decke besaß, und so hatte Jikal ihn eingeladen sich neben ihn zu setzen, was Winston mit einem höhnischen Blick quittierte.

Dass Winston die Lust vergangen war, große Reden zu schwingen, war in Jikals Augen der einzige Vorteil der Fahrt.

Der stämmige Junge hatte schon am Vorabend mit endlosen Erzählungen seiner Heldentaten geprahlt, die er verüben würde, wenn man ihm erst einmal seine Waffe ausgehändigt hätte. Angeblich hatte er schon im Lager mit einer Maschinenpistole üben dürfen, aber das konnte nicht stimmen. Tagsüber war in der Nähe des Lagers nie geschossen worden und nur nachts hatte es ein paar Mal ahnungslose Wüstenfüchse erwischt, die mit Rebellen verwechselt worden waren.

Winston war ein verlogener Raufbold, der sich nichts sehnlicher wünschte als endlich eine Waffe in die Hand zu bekommen, die ihm Macht gab. Die anderen Jungen mussten das ebenfalls durchschaut haben, aber zu Jikals Verwunderung schien ihnen das nicht so viel auszumachen. Allerdings wäre es wohl auch nicht ratsam gewesen, sich gegen Winston zu stellen, denn er war unbestritten der Stärkste der Gruppe; wie es gestern Abend Silly ergangen war, würde es wohl jedem ergehen, der sich mit ihm anlegte. Im Augenblick hielt er jedenfalls den Mund, und das war gut so.

Der Durst wurde von Stunde zu Stunde quälender. Niemand hatte den Jungen gesagt, dass sie ihre Essgeschirre mit Wasser füllen sollten, und so hatten sie seit dem frühen Morgen nichts mehr getrunken. Immer neue Staubwolken wogten über die Ladefläche und verdunkelten für Momente die sengende Sonne. Die Savanne war nun wirklich breit genug, aber aus unerfindlichen Gründen hielt sich der Lastwagen die ganze Zeit genau hinter dem Jeep, in dem Sergeant Krysuda und sein Fahrer saßen. Die Männer in der Kabine des Lasters waren ja einigermaßen geschützt und vielleicht machte es ihnen sogar Spaß, die Jungen mit dem puderfeinen Staub kämpfen zu lassen.

Der Fahrtwind brachte jedenfalls keine Erleichterung, sondern schlug wie ein Hauch aus dem Glutofen auf die offene Ladefläche und wehte noch mehr Staub auf die Jungen hernieder. Jikal war halb ohnmächtig. Silly war eingeschlafen und der schmächtige Körper lehnte an seiner Seite. Sillys Kopf pendelte bei jeder Bodenwelle auf Jikals Schulter hin und her und der kleine Bursche schien immer schwerer zu werden. Jikal merkte, wie er sich zu verkrampfen begann, aber trotz Winstons spöttischer Blicke brachte er es nicht fertig, den Kleinen von sich zu schieben.

Endlich wurde die Fahrt langsamer. Noch ein paar heftige Stöße, dann blieb der Lastwagen stehen. Jetzt erst rüttelte Jikal Silly wach, und als der Kleine sich verwundert aufrichtete, ließ er zuerst einmal die verkrampfte Schulter ein wenig kreisen und massierte seinen eingeschlafenen Arm.

Silly schaute sich verwirrt um, erkannte dann, neben wem er saß, und ein Lächeln zog sich über sein Gesicht. »Ji-kal!«, brachte er langsam hervor, als würde es ihm Mühe machen, sich an den Namen zu erinnern. »Sind – wir – da?«

Jikal hob die Schultern und rappelte sich auf. Woher sollte er denn wissen, wo sie waren? Die hohen Seitenwände der Ladefläche hatten keine Aussicht erlaubt und der Himmel sah überall gleich aus: stahlblau mit einer grellweißen Sonne darin.

Ein paar der anderen Jungen waren schneller auf den Beinen gewesen und die ersten fingen schon an über die Seitenwand zu klettern. Auch Jikal spürte plötzlich neue Kraft, als er sah, wo sie sich befanden: Sie waren wieder am Fluss!

Es war ein Armeecamp, genau wie das, das sie vor Stunden verlassen hatten, nur viel größer. Hunderte von Zelten mussten es sein, die hier im Schatten der spärlich wachsenden Bäume am Flussufer standen.

Jikal warf Decke und Essgeschirr vom Wagen, stemmte sich die Seitenwand hoch und sprang hinterher. Nur zwanzig, vielleicht dreißig Schritte, dann gab es kühles Wasser! Man konnte darin baden, man konnte es trinken – das waren die einzigen Gedanken, die Jikal beherrschten. Einige der Jungen hatten das steinige Ufer schon erreicht und stürzten sich gerade der Länge nach in die Fluten. Jikal beeilte sich nachzukommen, denn für einen winzigen Augenblick gaben ihm seine Durstphantasien die Angst ein, das Wasser könnte nicht für alle reichen. Zehn Schritte noch! Nur noch acht! –

»*Ji-kal!*« Ein gellender Schrei in seinem Rücken übertönte alle anderen Geräusche. Ein Schrei in höchster Not.

Jikal taumelte noch zwei Schritte voran, blieb dann stehen und wandte sich unwillig um. »*Ji-kal!*«

Silly war ebenfalls über die Seitenwand des Lastwagens geklettert und hing nun zwei Meter hoch über dem harten Steppenboden. Der Kleine hielt sich krampfhaft mit beiden Händen fest und traute sich nicht loszulassen. Der Fahrer hatte den Lastwagen bereits wieder gestartet, der Motor brüllte auf und eine schwarze Qualmwolke quoll aus dem armdicken Auspuffrohr.

Jikal rannte los, ohne zu überlegen. Silly hing an der Bordwand direkt vor den riesigen Zwillingsreifen, und wenn er abstürzte, während der Wagen anfuhr ...

»*Ji-kal!*« Sillys Schrei übertönte sogar das Donnern des schweren Dieselmotors. Jikal rannte, wie er noch nie in seinem Leben gerannt war. Der Lastwagen ruckte an. Jikal holte das Letzte aus sich heraus. Silly trat in

112

Panik um sich. Eine seiner Hände löste sich. Jeden Moment konnte er abrutschen.

Mit einem letzten, verzweifelten Satz fasste Jikal Silly am Hosenbund und riss ihn einfach von der Seite des Lastwagens fort. Nur weg von den alles zermalmenden riesigen Reifen, die sich nun knirschend haarscharf an den Jungen vorbeiwälzten.

Jikal war gestürzt und Silly war halb auf ihn gefallen. Sofort flammte ein wütender Schmerz in Jikals Schulter auf, aber er hielt den Kleinen eisern fest, bis die Gefahr vorüber war. Erst dann ließ er ihn los und richtete sich vorsichtig auf. Die Schulter tat höllisch weh.

»Du bist wirklich – ein Dummkopf!«, brachte er keuchend hervor. »Du hättest – tot sein können!«

»Seht euch bloß die beiden Idioten an!«, kam eine laute Stimme vom Wasser her. »Wälzen sich im Dreck, anstatt zu baden!«

»Komm, wir gehen auch ins Wasser!« Jikal kümmerte sich nicht um Winstons Geschrei und stupste Silly an, der im Staub hockte und die Arme um den Kopf gelegt hatte, als habe er große Schmerzen. »Nun komm schon!«, forderte er den Kleinen noch einmal auf. »Du musst dich doch auch waschen und was trinken!«

Langsam und vorsichtig löste Silly die über dem Kopf verkrampften Hände voneinander und sah sich unsicher um. Er hatte überhaupt noch nicht begriffen, dass die Gefahr vorüber war. »Jikal!«, sagte er und ein Lächeln zog sich über sein Gesicht.

»Los! Komm jetzt endlich!« Jikal war die ganze Sache

peinlich und außerdem hatte er Durst. Unnötig hart fasste er Silly am Arm und zog ihn hoch.

Durch das Laufen und die Aufregung war es Jikal noch heißer geworden und er wollte jetzt unbedingt sofort baden. Als Silly ihm nicht gleich folgte, ging er einfach los, aber mittlerweile war Winston aus dem Wasser gekommen und stellte sich ihm in den Weg.

»Du bist zu spät!«, teilte er Jikal mit. »Jetzt wird nicht mehr gebadet. – Los, stellt euch alle in einer Reihe auf!«

Die anderen Jungen, die alle schon im Wasser waren, kamen murrend wieder heraus. Auch ihnen war die Zeit zu kurz gewesen, aber keiner wagte es, Winston zu widersprechen. Jikal aber dachte nicht daran, dem willkürlichen Kommando dieses Großmauls Folge zu leisten, und schlug einfach einen Haken, um an ihm vorbeizukommen. Er wollte jetzt endlich ins Wasser, alles andere war ihm egal.

Schneller als Jikal es für möglich gehalten hätte, war Winston direkt vor ihm. Seine Hand schoss vor und krallte sich in den Kragen von Jikals Hemd. Er war ein kräftiger Bursche und der Stoff knirschte unter dem harten Griff.

»Du machst, was ich dir sage!«, brüllte Winston so laut, dass alle Jungen es hören konnten. »Das bringe ich dir jetzt bei!«

Jikal versuchte sich zu wehren, aber Winston hielt ihn mit seinem langen Arm spielend auf Abstand. Jikal trat nach ihm, aber Winston drehte sich so geschickt zur Seite, dass der Stoß mit dem Fuß ins Leere ging . Langsam, geradezu genüsslich, schloss er die Hand zur Faust und holte weit aus. Wenn Winston jetzt zuschlug und Jikal gleichzeitig zu sich heranriss, konnte der sich von seinem Gesicht, wie er es kannte, verabschieden.

Da zuckte Winston heftig zusammen, sein Griff löste sich unvermittelt und ein jäher Schmerzenslaut kam aus seinem Mund. Völlig verwirrt sah Jikal, wie er sich mit verzerrtem Gesicht zu Boden fallen ließ und seinen rechten Fuß mit beiden Händen fest umklammerte. Dann erst bemerkte er Silly, der auf dem Boden kauerte, und nun wurde ihm klar, was geschehen war: Der Kleine hatte mitgekriegt, dass Jikal in Schwierigkeiten steckte. Da hatte er sich einen Stein gesucht und war blitzschnell an Winston herangerobbt, der nur auf Jikal geachtet hatte. Den Stein auf Winstons nackten Zeh zu schlagen, der vorn aus der Sandale ragte, war Sache eines Augenblicks gewesen. Ein Kinderspiel! Aber nicht ohne Wirkung, wie man sah.

Silly hatte sich wieselflink zur Seite geworfen, um aus Winstons Reichweite zu gelangen, und robbte nun zum Flussufer hinab. Ein paar der Jungen lachten, weil der triefnasse Winston im Dreck saß, seinen rechten Fuß auf den linken Oberschenkel gezogen hatte und ihn mit Tränen in den Augen und schmerzverzerrtem Gesicht wiegte wie ein Baby.

Jikal wandte sich ab und ging zum Wasser. Silly plantschte ein paar Meter vom Ufer entfernt und seine Bewegungen wirkten unbeholfen wie eh und je. Er schien bereits vergessen zu haben, was sich eben abgespielt hatte, denn er sah sich nicht ein einziges Mal nach seinem Feind um. Und von diesem Tage an *war*

Winston Sillys Feind, Jikal machte sich da gar nichts vor. Wenn er sich ausmalte, was geschehen würde, wenn der Kleine dem grobschlächtigen Burschen einmal alleine in die Hände fiel ... Aber auch er selbst würde ab sofort sehr auf sich Acht geben müssen.

Nach einer Weile kam Sergeant Krysuda mit einem jungen Soldaten zurück, den er ihnen als Sergeant Ke-ita vorstellte. Ke-ita war von nun an für die Ausbildung der Jungen zuständig. Er ließ sie am Flussufer in Reih und Glied antreten, und als Sergeant Krysuda in den Jeep stieg, um nach Segou zurückzufahren, mussten alle salutieren.

Als der Jeep abgefahren war, geschah das, was Jikal schon die ganze Zeit befürchtet hatte.

»Wer von euch ist der Bossboy?«, fragte Ke-ita.

Sofort humpelte Winston einen Schritt weit aus der Reihe.

»Ich, Sir!«, sagte er mit einer Stimme, die alle anderen davor warnte, ihm seinen Rang streitig zu machen.

Jikals Magen krampfte sich zusammen. Jetzt würde Winstons angemaßte Führerschaft also zur wirklichen Macht werden. Ausgerechnet dieser unausstehliche Schlägertyp würde sie von nun an nach Belieben schikanieren dürfen!

»Was ist mit deinem Fuß los?« Ke-ita zog eine Augenbraue hoch und musterte Winstons blutigen Zeh.

»Stein draufgefallen, Sir!«

Ein paar der Jungen lachten verhalten. Es war eigentlich nicht ratsam, sich über den künftigen Bossboy der Gruppe lustig zu machen. Dennoch: Die Erinnerung daran, wie der kleine, blöde Silly den großen, schlauen Winston wie einen Baum an der Wurzel gefällt hatte, war einfach zu komisch.

Winston sah sich gereizt um, aber es war bereits zu spät. Sergeant Ke-ita hatte gemerkt, dass mit ihm irgendetwas nicht stimmte. Unwillig zog er die Augenbrauen zusammen. Ein Unterführer, über den man lachte ... so etwas kam nicht infrage. »Zurück ins Glied!«, befahl er Winston, und als der aufbegehren wollte, brüllte er ihn so laut an, dass er verdutzt und erschreckt zurückwich.

Ke-ita schritt die Reihe ab und sah sich einen Jungen nach dem anderen genau an. Schließlich blieb er vor Jikal stehen. »Was ist mit dir?«, wollte er von ihm wissen. »Wie heißt du?«

Jikal trat vor, nannte seinen Namen und sagte Ke-ita, dass er erst seit gestern bei der Gruppe sei.

»Das ist kein Fehler«, meinte Ke-ita. »Was du als Bossboy wissen musst, lernst du schnell. Übernimm jetzt das Kommando und dann folgt ihr mir zu eurem Zelt!«

Jikal drehte sich zu den Jungen um, die mit offenen Mündern dastanden und noch gar nicht begriffen hatten, dass Winstons Herrschaft zu Ende war. Nur Silly war völlig unbeeindruckt. Er stand mit nach innen gerichteten Fußspitzen ganz am Ende der Reihe und guckte Löcher in die Luft.

»Mitkommen!«, sagte Jikal einfach und folgte dann selbst dem Sergeanten, der schon vorausgegangen war.

Das Trappeln der Füße hinter ihm verriet, dass die Gruppe ihm folgte, aber Stolz darauf, der Anführer dieser Jungen zu sein, wollte sich dennoch nicht einstellen. Jikal spürte Winstons brennende Blicke in seinem Nacken, Winston, dem der Hass aus den Augen sprühte. Auch wenn er das glauben mochte: Dies hier war nicht der Platz, den Jikal sich erträumt hatte, und er war entschlossener denn je, so bald wie möglich von hier zu verschwinden.

Winston

Als sie alle vor dem leeren Zehnmannzelt standen, war es Jikals erste Amtshandlung als Bossboy, Sergeant Ke-ita mitzuteilen, dass Silly nicht voll diensttauglich sei und er ihn deshalb als ständige Zeltwache einteilen wolle.

»Warum habt ihr den Trottel dann mitgeschleppt?«, fragte Ke-ita unwillig, aber darauf wusste Jikal auch keine Antwort. Seiner Meinung nach hatte *keiner* der Jungen etwas in der Armee zu suchen, und Silly schon gar nicht. Aber das behielt er besser für sich.

»Er ist Veteran, Sir, genau wie ich!«, schaltete sich da ein großer, sehr magerer Junge ein, den Jikal als Noah kennen gelernt hatte. »Er soll einen Granatsplitter in den Kopf gekriegt haben, Sir!«

»Und warum hat man ihn dann nicht nach Hause geschickt?«

»Er weiß nicht, wo er zu Hause ist, Sir!«, antwortete Noah. »Hat alles vergessen, sogar seinen Namen.«

»Na gut«, entschied der Sergeant. »Er ist vom regulären Dienst befreit. – Ihr anderen kommt in zehn Minuten zum Exerzierplatz!«

Ke-ita zeigte vage die Richtung an, in der der Platz wohl lag.

»Ist gut, Sir!«, sagte Jikal. Wenn er schon Bossboy war, dann wollte er der Rolle auch gerecht werden.

Der Sergeant sah ihn an und grinste. »Ich hab doch gleich gesagt, dass du schnell lernen wirst! – Es heißt allerdings: ›Zu Befehl‹ und nicht: ›Ist gut‹!«

»Ist gut, Sir!«, bestätigte Jikal eifrig und hätte sich im nächsten Moment am liebsten die Zunge abgebissen. Ke-ita schüttelte aber nur den Kopf und wandte sich ab.

»Entschuldigung, Sir?«, hielt Jikals Stimme ihn zurück.

»Was ist denn noch?«

»Wir alle haben heute noch nichts gegessen, Sir!«

»Immer das Wichtigste zuerst, ja?«, lachte Ke-ita. »Ich glaube, da habe ich den Richtigen zum Bossboy gemacht! Also gut. Holt euch im Küchenzelt eure Ration und kommt nach dem Essen zum Dienst. Aber beeilt euch!«

Zehn Minuten später hatten die Jungen das Zelt eingeräumt und sich ihr Essen geholt. Jikal saß im Kreis der Jungen und ließ es sich schmecken. Dass er es gewagt hatte, sich einem Vorgesetzten gegenüber für die Gruppe einzusetzen, brachte ihm viele Sympathien ein und die Jungen waren schlichtweg begeistert von ihrem neuen Anführer.

Nur Winston schaufelte mit verkniffenem Gesicht schweigend sein Essen in sich hinein. Er konnte es natürlich nicht verwinden, dass Ke-ita ihn nicht als Bossboy bestätigt hatte, und es machte ihn rasend, dass die Jungen über ihn gelacht hatten. Das war alles nur

Sillys Schuld! Diese heimtückische Kröte würde dafür bezahlen müssen.

Dass der Anlass für Sillys Attacke sein eigener, grundloser Angriff auf Jikal gewesen war, das hatte Winston längst vergessen. Er kochte innerlich vor Wut. Er fühlte sich wie eine Stange Dynamit mit glimmender Lunte. Aber er würde sich an Jikal und Silly zu rächen wissen! Und er wusste auch schon wie: Sicher bekam die Truppe bald Waffen ausgehändigt. Und dann ... dann würde es vielleicht einen kleinen, tragischen Schießunfall geben ...

Der Exerzierplatz lag außerhalb des Lagers. Neben Sergeant Ke-ita gab es noch vier weitere Ausbilder und überall herrschten Getriebe und Lärm. Das flache Stück Savanne war mit Gräben durchzogen worden und im Boden klafften hie und da Löcher, in denen ein Mann in Deckung liegen konnte. An einer Seite gab es einen flachen Stacheldrahtverhau, unter dem Soldaten entlangrobbten, während aus einem Maschinengewehr ab und zu flach über ihre Köpfe hinweggefeuert wurde, »um sie an das Feuer zu gewöhnen«, wie Sergeant Ke-ita den Jungen erklärte.

Jikal versuchte sich klar zu machen, dass das alles nur ein Spiel sei, eine Übung, bei der niemand ernsthaft verletzt werden konnte, aber die Vorstellung, dass er gleich vielleicht selbst vor der Mündung des Maschinengewehrs herumkrabbeln sollte, fand er alles andere als angenehm. Nur gut, dass Silly nicht hier war. Der Kleine hätte sich bestimmt zu Tode gefürchtet! Ärgerlich wischte Jikal den Gedanken beiseite. Silly nahm in seinem Denken einen Platz ein, der ihm nicht zustand. Er war ja schließlich nicht sein Bruder!

Jikal lernte viel an diesem ersten Tag in der Armee seines »Gastlandes«: Er lernte sich in den Staub zu werfen und wieder aufzuspringen. Er lernte, mit einem sandgefüllten Rucksack auf dem Rücken zehnmal um den Exerzierplatz zu laufen. Er lernte, unter dem Stacheldraht hindurchzukriechen und sich Löcher in das Hemd zu reißen, während man mit scharfer Munition knapp über ihn hinwegschoss. Dann war der Tag zum Glück zu Ende, und nachdem sie im Fluss gebadet hatten, ging es wieder zum Zelt. Die Jungen selbst hatten, zu Winstons großer Enttäuschung, keine Waffe in die Hand bekommen und würden es wohl auch nicht.

Silly hatte ihre Decken und Essgeschirre treu bewacht, und auf Jikals Vorschlag hin versuchten alle noch einmal im Küchenzelt etwas zu essen zu bekommen, was auch gelang. Winston hatte zuerst Bedenken geäußert, weil der Sergeant nicht ausdrücklich befohlen hatte, dass sie sich Essen holen sollten, aber als er merkte, dass die Küchenleute die Essgeschirre der Jungen gutwillig füllten, hatte er sich sogleich vorgedrängt. Als er das sah, schlug Jikals Abneigung gegen Winston in Verachtung um. Dieser Bursche benahm sich wie ein abgerichteter Hund, der auf Kommando seines Herrn alles tut, es ohne Befehl aber nicht wagt sich zu rühren. Stark war er nur bei Schwächeren.

Das Essen war gut. Zu dem üblichen Reis gab es eine

scharfe, braune Soße, in der sogar einige Fleischstück-
chen schwammen, und wieder fragte Jikal sich, ob seine
Familie heute wohl auch etwas zu essen bekommen
hatte. Aber es hatte im Moment keinen Sinn, sich mit
solchen Gedanken zu belasten. Er musste essen, denn er
brauchte Kraft für seine Flucht.

Jikal war gerade mal einen Tag lang in der Armee,
und hätte er es nicht sowieso schon längst gewusst,
dann wäre es ihm spätestens heute klar geworden: Dies
war nicht der richtige Ort für ihn. In seinen Ohren klingelte es noch von den Schüssen, die man über ihn hinweg abgefeuert hatte, die sinnlose Rennerei über den
Exerzierplatz hatte ihn ausgelaugt und das ewige »Ja,
Sir – zu Befehl, Sir!« ging ihm so gewaltig gegen den
Strich, dass er am liebsten sofort abgehauen wäre.
Keine Frage, er musste so schnell wie möglich weg.

Die Jungen waren alle von den Ereignissen des
Tages sehr erschöpft, aber zugleich aufgeregt, und die
Gespräche am Lagerfeuer drehten sich nur um ein einziges Thema: Wie kommt man als Soldat am besten
zurecht? Den Mittelpunkt des Gesprächs bildete natürlich Noah, der ja schon einmal bei einem richtigen
Einsatz dabei gewesen war. Die Jungen bestürmten ihn
mit Fragen, warum er ihnen so lange verschwiegen
hatte, dass er ein richtiger Soldat gewesen war, aber
darüber wollte er keine Auskunft geben. Er sagte nur,
es würde seinen Zauber beschädigen, wenn er zu viel
davon spräche.

»Was für ein Zauber denn?«, fragte Jikal. Seit dem
Blick in Noobidas Zauberspiegel mochte auch er die

Existenz magischer Mittel nicht mehr völlig ausschließen.

»Wir waren unsichtbar«, erklärte Noah mit großem Ernst.

»Ihr wart *was?*« Das ging Jikal denn doch etwas zu weit.

»Unsichtbar!«, wiederholte Noah stolz. »Wir haben Amulette bekommen, damit wir vom Feind nicht gesehen werden. Ein großer Zauberer hat sie geweiht und die Sergeanten haben sie an uns ausgeteilt.«

Jikal hielt wohlweislich den Mund. Er hatte schon an Noahs Aussprache gehört, dass der Junge aus einem Dorf in der Nordregion kam. Die Leute dort waren sehr abergläubisch und sie vertrugen es überhaupt nicht, wenn einer die Künste ihrer Zauberer infrage stellte.

»Nur deine Freunde können dich sehen, stimmt's?«, trumpfte Winston auf. Es freute ihn maßlos, dass Jikal sich auf diesem Gebiet ganz offensichtlich nicht auskannte.

»Für deine Feinde bist du nur ein Schatten!«, bestätigte Noah eifrig. »Treffen können sie dich nur, wenn sie durch Zufall genau in deine Richtung schießen! – Aber das ist selten.«

Kommt also vor!, ergänzte Jikal in Gedanken und er vermutete, dass es sogar ziemlich oft geschah. Und außerdem: Was war mit Tretminen? Was nützte einem da die Unsichtbarkeit?

»Es gibt noch einen viel besseren Zauber!«, tönte Winston. Er genoss es, dass die Aufmerksamkeit sich nun auf ihn konzentrierte und er so einen Teil seines alten Ansehens zurückerobern konnte. »Ich kenne Zaubermänner, die einen unverwundbar machen. – Aber das kostet was!«, fügte er wichtigtuerisch hinzu. »Da muss man schon eine Menge Geld haben!«

»Wie geht das?«, wollte einer der Jungen wissen. »Was muss man da machen?«

»Viele kleine Amulette kaufen!« Winston setzte sich in Pose. »Die näht man auf die Kleidung, da, wo sie einen schützen sollen. Es gibt welche für die Brust, den Bauch, den Kopf, den Rücken und für alle anderen Körperteile. – Schaut mal!« Er zog sein Hemd ein Stück weit aus der Hose und ein aufgenähtes Stoffläppchen kam zum Vorschein. »Mir wird keiner in den Bauch schießen! Die Kugeln fliegen einfach vorbei, und wenn ich dann noch ein Amulett bekomme, das mich zum Schatten macht ...«

Die Jungen, die aus den Dörfern kamen, schoben sich staunend näher an Winston heran. Alle wollten das wundertätige Fetzchen Stoff berühren, damit vielleicht ein wenig von der Zauberkraft auch auf sie überginge. Nur Noah, der doch selbst so sehr an seine Unsichtbarkeit im Kampf glaubte, machte ein bedenkliches Gesicht und blieb sitzen. »Das funktioniert nicht«, sagte er schließlich, als die anderen sich wieder beruhigt hatten. »Ich habe Kämpfer gekannt, die solche Amulette trugen. – Sie sind trotzdem getroffen worden!«

»Weil sie krank waren!« Winston ließ Noahs Einwand nicht gelten. »Wer krank ist, dem kann der Zauber nicht mehr helfen!«

»Die waren nicht krank«, widersprach Noah und warf den Kopf in den Nacken.

»Pah!« Winston zog verächtlich die Mundwinkel nach unten. »Bist du ein Doktor? Wie willst du das wissen? Es gibt Krankheiten, die man nicht sofort bemerkt!« Dann wandte er sich wieder den anderen zu, die sich nach wie vor sehr für ihn und den Flicken an seinem Hemd interessierten.

Noah beugte sich ein wenig zu Jikal hin. »Es wirkt wirklich nicht«, sagte er in vertraulichem Ton. »Diese Amulette sind der reine Betrug!«

Jikal nickte ernst und hielt den Mund fest geschlossen. Was hätte es für einen Sinn gehabt, Noah zu erklären, was er von dessen angeblicher Unsichtbarkeit hielt? Noah hätte seinen Schutzzauber genauso verteidigt wie Winston seine Unverwundbarkeit.

Kaum, dass die ersten Sonnenstrahlen die Kronen der Bäume erreichten, gellten Trillerpfeifen durch das Lager und sofort waren die Jungen auf den Beinen. Kein Westafrikaner kann sich dem nahezu magischen Klang dieses einfachen Instruments entziehen, der nur eines verheißt: puren Ärger!

Sogar in Friedenszeiten sind die Straßen der meisten Länder dort mit Polizei- und Armeeposten gespickt, die nur eine Aufgabe haben: die Passanten zu kontrollieren. An jedem Ortseingang, an jeder Kreuzung und an jeder Brücke stehen zwei oder drei Mann, jeder mit Uniform, Trillerpfeife und Schnellfeuergewehr ausgerüstet. Auf den kleinsten Wink hin hat man bei diesen Posten anzuhalten und alles vorzuzeigen, was man bei sich trägt. Meint nun ein Reisender, die Uniform nicht beachten zu müssen, wird er mit der Trillerpfeife auf seinen Irrtum aufmerksam gemacht, und wenn er dann noch immer nicht reagiert, kommt sehr schnell der dritte Ausrüstungsgegenstand, nämlich das Schnellfeuergewehr, zur Anwendung. Der Klang einer Trillerpfeife ist also sehr, sehr ernst zu nehmen. Die Jungen waren auf den Beinen, noch bevor der erste Ton verklungen war.

Draußen zog eine Menge Soldaten mit Essgeschirren vorbei und die Jungen schlossen sich an. So langsam wurde Jikal die Sache unheimlich. Nachdem er monatelang gehungert hatte, konnte er kaum schon wieder etwas herunterbekommen, weil er gestern sogar zweimal gegessen hatte.

Die Jungen fragten sich, was man heute wohl wieder mit ihnen vorhabe, und natürlich war es Winston, der behauptete gehört zu haben, dass sie heute noch Gewehre bekämen. Wann und wo er das aufgeschnappt haben wollte, war Jikal völlig rätselhaft, denn Winston hatte die Gruppe nicht mehr verlassen, seit sie in dieses Lager gekommen waren. Aber er ließ ihn reden. Die Wahrheit würde sich schon früh genug herausstellen.

Die Wahrheit sah dann so aus, dass sie tatsächlich ausgerüstet wurden – allerdings mit Schaufeln und Spaten. Sergeant Ke-ita teilte sie dazu ein, einen neuen Graben auszuheben. Es handelte sich dabei aber nicht um irgendeinen Graben, sondern um den Latrinengraben, über dem die ganze Besatzung des Camps ihre Notdurft verrichtete.

Der neue Graben sollte direkt neben dem alten angelegt werden, und zwar so, dass der Aushub dazu benutzt werden konnte, den gefüllten Graben abzudecken.

Jetzt hielt Jikal die Zeit für gekommen, Winston eine kleine Lektion zu erteilen. »Na, wie gefällt dir dein Gewehr?«, fragte er ihn so laut, dass alle anderen es hören konnten, und zeigte dabei auf Winstons Schaufel, die der missmutig hinter sich herzog.

Winstons Kopf ruckte herum. Die anderen Jungen lachten schon wieder über ihn und wieder war es Jikals Schuld. Jetzt war das Maß voll und Winstons aufgestauter Zorn brach sich mit aller Gewalt Bahn: Ohne jede Vorwarnung riss er die Schaufel hoch und führte einen gewaltigen Schlag gegen seinen Feind.

Jikal konnte gerade noch zurückspringen. Winston holte wieder aus und der nächste Hieb prallte an Jikals Spaten ab. Er hatte alle Kraft in den Schlag gelegt und das Holz vibrierte schmerzhaft in Jikals Händen. Das war keine harmlose Rangelei mehr! Winston war völlig außer Kontrolle! Wieder holte er weit aus und kam auf Jikal zu …

»Aaachtung!«, kam es da plötzlich von Noah. Dieses Wort bedeutet in der Armee, dass ein Vorgesetzter naht. Winston erstarrte mitten in der Bewegung und auch Jikal ließ nach einem Moment den abwehrend erhobenen Spaten sinken.

»Was ist hier los?« Sergeant Ke-ita sah die beiden Streithähne streng an.

»Er hat mich angegriffen, Sir!«, sagte Jikal schnell.

»Stimmt das?« Ke-ita wandte sich Winston zu, der immer noch mit halb erhobener Schaufel dastand.

»Er macht sich lustig über mich!«, geiferte Winston, ließ die Schaufel zu Boden fallen und machte, wild gestikulierend, einen Schritt auf Jikal zu. »Er schikaniert mich, weil er genau weiß, dass ich der Bossboy sein sollte!«

»So, du hältst meine Entscheidung also für falsch!«, stellte der Sergeant nachdenklich fest.

Winston sagte nichts und machte ein betroffenes Gesicht. Wie hatte er sich nur so weit vergessen können, den Sergeanten zu kritisieren? Jetzt würde Ke-ita böse auf ihn sein, ihn vielleicht sogar bestrafen; dieser Fehler hätte ihm nicht unterlaufen dürfen!

»Ihr wollt also beide Bossboy sein!«, sprach Ke-ita weiter und sah die Jungen ernst an.

»Nein! – Aber ich *bin* es, Sir!«, antwortete Jikal mit festem Blick.

»Er schafft das doch gar nicht!«, behauptete Winston. Er war immer noch so wütend, dass er das »Sir« glatt vergaß.

»Sieht so aus, als könntest *du* noch nicht einmal ordnungsgemäß Meldung machen!«

»Verzeihung, Sir!« Winston riss sich aus seiner Drohgebärde gegen Jikal und nahm Haltung an. »Kommt nicht wieder vor, Sir!«

»Passt auf!« Sergeant Ke-ita kramte in seiner Hosentasche und brachte eine kleine Münze zum Vorschein. »Diese Münze soll darüber entscheiden, wer von jetzt an Bossboy sein wird!« Mit einem genau bemessenen Schwung warf er das Geldstück in die Mitte des randvollen Latrinengrabens, wo es auf etwas liegen blieb, das Jikal und seine Gruppe eigentlich eilig hätten beerdigen sollen.

»So! Wer holt es jetzt da raus? Freiwillige vor!«

»Ich, Sir!« Winston trat einen Schritt vor und nahm sofort wieder Haltung an.

Jikal rührte sich nicht einen Millimeter vom Fleck. Ihm war übel vor Wut, weil Winston jetzt doch der Bossboy der Gruppe werden würde. Er, Jikal, würde jedenfalls nicht in diese Jauchegrube klettern, bloß weil es Ke-ita gefiel, sie gegeneinander aufzuhetzen. Das wäre wohl ein toller Spaß für den Sergeanten gewesen, wenn er sich mit Winston in der Jauche um das Geldstück gebalgt hätte, aber genau diesen Gefallen würde er ihm nicht tun!

»Worauf wartest du noch?« Ke-ita machte Winston ein Zeichen, dass er sich bewegen solle. Die Münze war mittlerweile schon ein Stück weit eingesunken und Eile schien geboten, also ging Winston rasch an den Graben und beugte sich weit vor. – Aber er kam nicht ran! So konnte er die Münze nicht erreichen, also streifte er schnell eine Sandale ab, zögerte kurz, setzte dann den nackten Fuß in die Jauche und suchte nach dem Geldstück, das mittlerweile ganz versunken war. Endlich ging ein Strahlen über sein Gesicht. Er hatte die Münze gefunden, machte einen raschen Schritt zurück und stand einen Augenblick später wieder vor dem zufrieden grinsenden Ke-ita. »Auftrag ausgeführt, Sir!«, verkündete er stolz.

Jikal musste schlucken, als er den beschmutzten Winston so selbstzufrieden vor dem Ausbilder stehen sah. Wie konnte man sich nur so erniedrigen? Sollte er doch Bossboy werden, aber er und die anderen Jungen würden nie vergessen, *wie* er es geworden war!

Sergeant Ke-ita hielt ein gutes Stück Abstand von Winston und sein Gesicht hatte einen leicht angeekelten Zug bekommen. »Schau mal an dir runter!« Winston schaute auf seine Füße und es war natürlich nicht sehr schön, was er da sah. »Sieht so ein Bossboy aus?«, wollte Ke-ita von ihm wissen.

Ein paar der Jungen hatten schon begriffen und ein Stöhnen ging durch die Gruppe. Keiner von ihnen konnte Winston richtig gut leiden, aber wie der Sergeant ihn jetzt fertig machte, das war in ihren Augen wirklich zu unfair.

»Und wenn du Luft holst«, bohrte Ke-ita weiter, »riecht es dann nach Bossboy?«

Winstons Augen irrlichterten zwischen Ke-ita, Jikal und den anderen Jungen hin und her, aber niemand konnte ihm helfen. In diese Lage hatte er sich selbst gebracht und nun musste er sehen, wie er allein damit fertig wurde.

»Geh dich waschen!«, erlöste Ke-ita ihn nach endlosen Augenblicken. »Das Geld kannst du behalten. Ich denke, du hast jetzt begriffen, warum du nicht der Anführer sein kannst!« Damit wandte Ke-ita sich ab, drehte sich dann aber doch noch einmal zu Winston um, der nur stumm dastand und aussah, als würde er jeden Moment zu weinen beginnen. »Wenn du noch einmal in eine Schlägerei verwickelt wirst, verspreche ich dir jetzt schon die Bekanntschaft mit dem Stock, und es werden nicht weniger als zwanzig Schläge sein! – Fangt jetzt an den neuen Graben auszuheben!«, sagte er noch zu Jikal und ging dann einfach davon.

»Ja, Sir!«, murmelte Jikal, aber Ke-ita hörte ihn schon nicht mehr. Winston stand noch einen Moment lang wie erstarrt da und setzte sich dann in Richtung Fluss in Bewegung. »Tut mir Leid«, sagte Jikal, als er an ihm vorbeikam, und er meinte es ehrlich, aber Winston reagierte nicht.

Jikal teilte seine Leute ein und das Schaufeln begann. Nach einigen Minuten kam Winston vom Fluss zurück, schnappte sich seine Schaufel und fing neben Jikal an zu arbeiten. »Es wird keine Schlägerei mehr geben, keine Angst!«, zischte er ihm zu, sodass nur Jikal es hören konnte. »Aber *dafür* bring ich dich um!«

Rebellen

Als Wilken aus dem Verwaltungsgebäude kam, um seine Ausrüstung abzuholen, hatte Fiona den Jet schon in den Hangar bringen lassen und François war gerade dabei, die Verkleidung der angeblich defekten Turbine abzumontieren. Die drei hatten sich abgesprochen, dass sie aus Sicherheitsgründen diesmal getrennt arbeiten wollten. Generalmajor N'gara, der Gouverneur von Okanga, war ein gefährlicher Gegner, so viel stand für Wilken fest. Solange der Gouverneur glaubte, dass Fiona und François nur einfache Charterpiloten wären, konnten sie sich einigermaßen unbehelligt in der Stadt und auf der Airbase bewegen. N'gara fand die beiden wohl nicht interessant. So hatte Wilken die beste Rückendeckung, die er sich wünschen konnte, falls ihm in der Savanne etwas zustieß. Es sei denn, der Gouverneur spielte doch nur ein abgekartetes Spiel und wartete, bis Wilken fort war, um die beiden hinter seinem Rücken in Haft zu nehmen. Aber wie dem auch sei, bis hierher war die Sache nach Plan verlaufen und es hatte keinen Sinn, den Teufel an die Wand zu malen.

Alex und François zogen für die einheimischen Mechaniker im Hangar eine kleine Show ab.

»Nun, Mister Brunél«, tönte Wilken in voller Lautstärke zu François, der auf einer Leiter stand, hinauf. »Ich hoffe, dass Sie den Vogel bald wieder flott haben! Wahrscheinlich werde ich Sie morgen wieder brauchen!«

»Wahrscheinlich nur eine Verschmutzung, Sir!«, blökte Brunél, ohne sich auch nur umzusehen. »Ich glaube nicht, dass wir Ersatzteile kommen lassen müssen.«

Wer die beiden beobachtete, musste den Eindruck gewinnen, dass der Mechaniker seinen Passagier nicht sonderlich mochte.

»Na, dann machen Sie das Ding da mal schön sauber! Morgen Mittag will ich den Vogel wieder fit haben. Zwanzig Dollar für Sie, wenn Sie es schaffen!«

Eine so geringe Summe als Belohnung für einen hoch qualifizierten Piloten und Mechaniker auszusetzen, war eine pure Beleidigung, aber das war Absicht. Ohne eine Antwort abzuwarten, nahm Wilken seine Reisetasche auf und ging davon.

»Ja, Sir! Natürlich, Sir! Morgen Mittag, Sir!«, rief Brunél ihm mit bösem Gesichtsausdruck hinterher und machte eine beleidigende Geste. Einige der Mechaniker lachten, als sie den kleinen, rothaarigen Brunél wie ein wütendes Eichhörnchen von der Leiter heruntergiften sahen, und damit war der Zweck der Vorstellung vollkommen erfüllt. Keiner der Männer im Hangar hatte auch nur den geringsten Zweifel daran, dass die beiden Weißen sich hassten.

Fiona war nirgends zu sehen. Ihrer Rolle entsprechend spielte sie die unnahbare Chefpilotin, die ihren Mechaniker für sich schuften ließ, ohne ihm auch nur im Ansatz zu helfen. Wahrscheinlich war sie schon mit einem Taxi auf dem Weg ins Hotel, um dort das beste Zimmer für sich zu belegen, während Brunél mit der billigsten Bodenkammer vorlieb nehmen musste. Der Gouverneur war in der ganzen Stadt bekannt und gefürchtet und man konnte davon ausgehen, dass er überall seine Spione hatte, aber keiner dieser Zuträger würde auf die Idee kommen, dass sich aus diesen drei Weißen, die sich offensichtlich nicht leiden konnten, blitzschnell ein schlagkräftiges Team bilden konnte.

Der Scout, den der Gouverneur Wilken zur Verfügung gestellt hatte, saß schon hinter dem Steuer des Humvee-Geländewagens. Er war bereits Anfang vierzig, trug eine Uniform ohne jedes Rangabzeichen und sah so aus, als ob er die letzten zwanzig Jahre hinter irgendeinem Schreibtisch verbracht hätte. Wilken vermutete, dass es mit der Ortskenntnis des Mannes nicht allzu weit her war, aber für seine Zwecke würde es hoffentlich reichen.

Nachdem er seine Reisetasche auf dem Rücksitz verstaut hatte, nahm er neben dem Fahrer Platz.

»Nun, Sir, wo soll die Reise denn hingehen?«, fragte der Mann, nachdem die beiden sich miteinander bekannt gemacht hatten.

»Richtung Südwest«, antwortete Wilken.

»Ins Rebellenland, Sir?« Der Fahrer hob die Augenbrauen.

Wilken ließ sich von seiner Reaktion nicht einschüchtern. »Gibt es denn Rebellen?«, fragte er.

»Ein paar hundert vielleicht.«

»Nun, dann sollten Sie Gas geben, wenn wir welchen begegnen.«

»Ist es das, was man britischen Humor nennt?«

»Oh, nein!«, beteuerte Wilken mit ernstem Gesicht. »Sie sollten dann *wirklich* Gas geben!«

Der Mann lachte unsicher auf, startete den Wagen und fuhr los.

»Haben wir einen Peilsender an Bord?«, wollte Wilken von ihm wissen, als sie das Gelände der Airbase verließen.

»Nicht dass ich wüsste, Sir!«

Der Fahrer ließ den Wagen durch einen Vorort rollen, der zum großen Teil aus unverputzten Betonbungalows bestand, die von verödeten Gärten umrahmt waren. Verglaste Fenster gab es nur selten zu sehen, die meisten Öffnungen waren mit Bastmatten, Tüchern und Moskitonetzen verhängt. Manche der Häuser hatte man mit übermannshohen Stahlgittern um das Grundstück nahezu festungsmäßig ausgebaut, andere rotteten einfach nur auf einem Flecken staubiger Erde vor sich hin.

Die Sonne stand schon knapp über dem Horizont und würde bald untergehen. An einigen Kreuzungen sammelten sich die Frauen der Siedlung an den Wasserhähnen, die da und dort aus dem Boden ragten, und kleine Kinder wurden in den Vorgärten in bunten Plastikschüsseln stehend abgeschrubbt. Es war ein friedliches

Bild bescheidenen Wohlstands und für einen Moment wurde Wilken von Ekel erfasst, als er daran dachte, dass Leute wie der Gouverneur sich an dem wenigen, das diese Leute besaßen, auch noch bereicherten. Kein Wunder, dass es hier einige Rebellen gab, die, zusammen mit den Provinzen des Nachbarlandes, einen eigenen Staat gründen wollten.

Die Grenzen in diesem Teil Afrikas waren vor langer Zeit von den Kolonialmächten gezogen worden. Belgier, Deutsche, Engländer, Franzosen und Portugiesen hatten keinerlei Rücksicht auf die alten Stammesgebiete genommen und Staaten errichtet, die die Menschen im Grunde genommen nie akzeptiert hatten. An fast allen Grenzen brodelte es, weil die alten Stämme sich nicht mehr an die künstlich festgelegten Grenzen halten wollten. Angeheizt wurden die Bestrebungen nach Unabhängigkeit noch von einer Clique internationaler Waffenhändler, die die Restbestände der großen Armeen in diesem Teil der Welt verhökerten. Ein gebrauchtes Schnellfeuergewehr war hier bereits für fünfzig Dollar zu haben und Waffenschmuggel blühte an allen Grenzen – angeblich im Namen der Freiheit und Unabhängigkeit, aber Leute wie Gouverneur N'gara verdienten selbst daran. Sie rüsteten die Rebellen mit Gewehren und leichter Artillerie aus und hetzten ihnen dann die Armee auf den Hals. Es war im wahrsten Sinne des Wortes ein Bombengeschäft.

Der Humvee rollte durch die letzten Straßen der Stadt. Die Fahrbahn wurde immer schlechter und als die Sonne unterging, wühlte sich der Wagen schon eine

Piste entlang, die vor allem aus Sand und Steinen bestand. Der Fahrer schaltete die Scheinwerfer ein.

Wenige Minuten später war es stockdunkel. Wilken sah durch die Heckscheibe zurück: Die Stadt war in der Dunkelheit kaum noch auszumachen. Die Kuppel aus nebelhaftem Streulicht, die am Abend über jeder europäischen Stadt liegt, fehlte hier völlig. Es gab keine Straßenbeleuchtung und nur vereinzelt waren noch winzige Lichtpunkte zu erkennen. In wenigen Stunden würden auch die erlöschen, und dann würde es sein, als sei die Stadt mit all ihren Bewohnern vom Erdboden verschluckt worden.

Der starke Diesel des Humvee arbeitete mit mittlerer Drehzahl und Wilken musste zugeben, dass er den Fahrer ein wenig unterschätzt hatte. Der schweigsame Mann handhabte den schweren Wagen sehr geschickt, und als die Piste zu einem Trampelpfad wurde, nachdem sie ein weiteres Dorf passiert hatten, bog er in die freie Savanne ab und hielt die Richtung nach dem Stand der Sterne.

»Irgendwo da draußen liegt ein Flüchtlingslager«, brach Wilken nach einer Weile das Schweigen.

»Richtig«, bestätigte der Fahrer. »Camp Segou.« Im Licht der Armaturenbeleuchtung hatte sein Gesicht einen grünlichen Schimmer. Wilken bemerkte eine gewisse Ähnlichkeit des Mannes mit dem Gouverneur. Vielleicht ein Verwandter? Der Fahrer nahm den Blick nicht von der Piste, als er feststellte: »*Dort* wollen Sie also hin.«

»Exakt. Wie lange werden wir brauchen?«

»Ich kann schneller fahren. Haben Sie es sehr eilig?«

Wilken zuckte in gespielter Gleichgültigkeit die Schultern. »Nicht sonderlich.«

»In fünf Stunden werden wir dort sein.«

»Gut.« Wilken lehnte sich zurück und schloss die Augen. Kaum zu glauben, dass er noch heute Morgen in der Londoner Vorstadt Brötchen gekauft hatte und dass François später von Fiona durch den eiskalten Pool gescheucht worden war. War das wirklich noch derselbe Tag?

Als Wilken die Augen wieder öffnete, passierte der Wagen gerade eine Kolonie von Wüstenspringmäusen und die Straße wimmelte von tausenden der Tierchen, die von weit her in das Scheinwerferlicht gelaufen kamen. Die Straße lebte. Sie wogte. Kaum wurden die pelzigen Tiere von der Helligkeit erfasst, begannen sie wie rasend zu kreiseln, bis das Fahrzeug über ihnen war. Der Fahrer ließ den Wagen ebenso unbeirrt und leidenschaftslos über sie hinwegrollen, wie ein Europäer durch eine insektenverklebte Windschutzscheibe schaut.

Wie weit darf man gehen, um an ein Ziel zu gelangen, und sei es noch so edel? Wie werden Leben abgerechnet? *Kann* man Leben überhaupt abrechnen? Wiegen tausend Insekten eine Maus auf? Tausend Mäuse eine Katze? Darf man einen Menschen opfern, um hundert zu retten? Unlösbare Fragen, die sich Wilken immer wieder aufdrängten, wenn die Zentrale ihn von jetzt auf gleich in irgendein Abenteuer hetzte. Die I.B.F. bestand darauf, dass er im Einsatz eine Waffe trug, aber zum Glück hatte er sie bisher niemals gegen einen Menschen einsetzen müssen. Dennoch kam es ihm manchmal so vor, als lauere die 17-schüssige Glock-Pistole, die gut verborgen im Gehäuse seines Kurzwellenempfängers steckte, förmlich darauf, die Probleme auf ihre Art zu lösen. Als Agent der *Foundation* hatte er schon einige der widerlichsten Verbrecher der Welt kennen gelernt. Menschen, die dutzende, manchmal hunderte von Leben ausgelöscht hatten. Würde eines Tages der Moment kommen, in dem er gezwungen war zum Richter und zum Henker zu werden?

Der Gedanke an das Kurzwellenradio ließ Wilken nach seiner Tasche tasten. Obwohl Brunél das Gerät fast vollständig ausgeschlachtet hatte, um Platz für die Waffe und zwei Ersatzmagazine zu schaffen, funktionierte es immer noch perfekt. Nachdem er es aus der Tasche herausgeangelt hatte, nahm er es auf den Schoß und schaltete es ein. BBC World brachte gerade eine Kritik über ein modernes Theaterstück, das in Leeds aufgeführt worden war. Es schien sich vor allem dadurch auszuzeichnen, dass die Schauspieler die meiste Zeit kopfüber an Stricken über der Bühne hingen und zu bunt lackierten Stahlhelmen sprachen, die verstreut auf der Bühne herumlagen. Wahnsinnig interessant. Auch der Fahrer warf ihm schon schiefe Blicke zu, also wechselte er die Frequenz.

Im Deutschlandfunk lief eine Diskussion zum Thema »Agrartechnische Neuerungen«. Ebenfalls sehr lehrreich, aber leider verstand der Fahrer jetzt überhaupt nichts mehr und fing an nervös auf das Lenkrad zu trommeln.

Warum dem Mann nicht einen Gefallen tun? Wilken ging es ja doch nur darum, sich von seinen düsteren Zweifeln abzulenken, also fragte er den Fahrer, ob er nicht einen Sender kenne, auf dem gute Musik laufe. Sofort nannte der Mann eine Mittelwellenfrequenz und ein paar Sekunden später erfüllten die Rhythmen einer einheimischen Band die Kabine des Humvee. Die Sängerin schwärmte davon, wie schön es sei, das Geld ihres Mannes auf dem Markt auszugeben, wie der Fahrer bereitwillig übersetzte. Das nächste Lied, das sich ziemlich ähnlich anhörte, brachte ihn so in Stimmung, dass er gleich ein wenig schneller fuhr. Der Wagen sprang förmlich über die Grasbüschel und Wilken hielt sich sicherheitshalber gut fest.

Gegen neun Uhr passierten sie eine unscheinbare Kette von Dünen an einer flachen Stelle, die großspurig den Namen Abidjan-Pass führte. Der Sand machte dem Humvee nichts aus, aber die mannshohen Felsbrocken, die, halb unter Sand begraben, rechts und links an der Straße lagen, erforderten höchste Aufmerksamkeit. Der Wagen schlich nur noch voran – als plötzlich Fußspuren, die quer zur Fahrtrichtung verliefen, das gleichmäßige Bild des angewehten Sandes störten.

Der Fahrer war wirklich ein Ass! Noch bevor Wilken die Bedeutung der Spuren richtig erfasst hatte, hatte er bereits den Humvee gestoppt, mit einer ruckartigen Bewegung den Rückwärtsgang eingelegt und Vollgas gegeben. Wilken wurde hart gegen die Windschutzscheibe geworfen. Hektisch am Lenkrad drehend schlug der Fahrer die Vorderräder bis zum Anschlag ein und trat brutal auf die Bremse. Der Wagen schleuderte herum und die Scheinwerfer schnitten einen grell erleuchteten Halbkreis aus der Nacht. Als aber der Humvee entgegen der alten Fahrtrichtung zum Stehen kam, versuchte der Fahrer erst gar nicht mehr, die Flucht fortzusetzen. Fünf Männer in abgerissener Kleidung standen auf der Fahrspur und jeder von ihnen hielt ein modernes Sturmgewehr im Anschlag, das genau auf die Windschutzscheibe gerichtet war: Rebellen!

Ein gebrülltes Kommando in der Landessprache klang auf und der Fahrer schaltete die Scheinwerfer aus. Auch hinter dem Wagen entstand jetzt Bewegung. Schnelle Schritte kamen näher und Metall schlug auf Metall. Eines war klar: Ein Mann, der eine Uniform der Staatsregierung trug, war für die Rebellen ein gefundenes Fressen; und wer mit ihm in einem Armeefahrzeug saß, der hatte den Kopf mit in der Schlinge.

Wilken griff in die Innentasche seiner Jacke und aktivierte das Multifunkgerät, das aussah wie ein etwas klobig geratenes Handy. Von nun an war über den Lear-Jet als Relaisstation für etwa fünf Stunden eine direkte Verbindung zu Messie garantiert. Jedes Wort, das hier gesprochen wurde, konnte umgehend in der I.B.F.-Zentrale analysiert werden und man würde einen Krisenstab bilden, um Wilken hier herauszuhauen. Wilken steckte das Gerät wieder ein und überprüfte den Sitz des Zubehörs, der Im-Ohr-Höreinheit und des ebenfalls drahtlosen Mikrofons an seinem Kragen.

»Hallo, Schatz!«, säuselte eine Stimme in Wilkens linkem Ohr. »Bist du etwa in Schwierigkeiten?« Der Mikro-Lautsprecher des Ohrstöpsels hatte sich selbsttätig aktiviert. Messies Stimme drückte echte Besorgnis aus.

»Die Rebellen haben uns kassiert«, murmelte Wilken in das Mikro. »Wir stecken echt im Dreck! – Und nenn mich ...« Wilken unterbrach sich, denn der Fahrer sah ihn jetzt schon an, als habe er den Verstand verloren.

»Ich denk mir was aus, Schatz!«, flötete Messie.

»Beeil dich bloß!«, konnte Wilken noch flüstern, dann knirschten an seiner Seite Schritte im Sand. Schatten bewegten sich neben dem Wagen, Kommandos wurden gebrüllt. Die Rebellen hatten das Fahrzeug umstellt. Jemand riss die linke Tür auf und der Fahrer wurde vom Sitz gezogen.

Wilkens Augen hatten sich noch nicht völlig an die Dunkelheit gewöhnt, aber das, was er erkennen konnte, gefiel ihm überhaupt nicht. Bevor diese Leute nun auch ihn aus dem Wagen zerren würden, stieg er lieber freiwillig aus! Vorsichtig betätigte er den Schließmechanismus und legte die rechte Hand auf die niedrige Tür, um sie langsam aufzudrücken. Jemand schrie etwas, das sich wie ein Warnruf anhörte. Es gab eine schnelle Bewegung in der Dunkelheit und im gleichen Moment brandete eine Schmerzwelle Wilkens rechten Arm empor, als stecke er bis zur Schulter in siedendem Öl. Er riss die Hand zurück, aber es war zu spät. Einer der Rebellen hatte den Lauf seines Karabiners mit voller Kraft auf seinen Handrücken geschlagen. Wilken hatte es knirschen hören. Der verdammte Kerl hatte ihm die Hand gebrochen!

Der Panzer

Schon als er den Panzer auf den Exerzierplatz rollen sah, war es Jikal, als stürze ein Lavastrom durch ihn hindurch.

Der Motor dröhnte dumpf wie eine nicht enden wollende Kette von Donnerschlägen, und das schrille Pfeifen der Turbolader tat in den Ohren weh. Solche Fahrzeuge hatten sich durch die Straßen von Jikals Heimatstadt gewälzt. Sie hatten das Verwaltungsgebäude beschossen, bis es in sich zusammengefallen war, und wenn die Wege zu schmal gewesen waren, hatten sie die kleineren Häuser und Hütten einfach beiseite geschoben.

Der Fahrer des Panzers machte sich einen Spaß daraus, den Leuten zu zeigen, was in seinem Fahrzeug steckte. Er gab einen kurzen Gasstoß und augenblicklich bäumte der Koloss sich auf und jagte mit aufbrüllender Maschine ein Stück weit auf die Jungen zu. Die breiten Ketten rissen den harten Boden auf, als sei er aus Papier. Erdschollen flogen meterweit durch die Luft; dann kreischten die Ketten und der Panzer kam am Ende einer Spur aus zerklüfteter Erde in einer Staubwolke zum Stehen.

Jikals Herz klopfte bis zum Hals und er sah, dass es

einigen anderen Jungen aus seiner Gruppe auch nicht besser erging.

Sergeant Ke-ita hatte den Jungen zum Abschluss des Tages etwas Besonderes versprochen: »Eine Panzerübung!« – was immer das sein mochte. Nachdem sie die neue Latrine geschaufelt hatten, waren sie bis zur Erschöpfung auf dem Exerzierplatz herumgejagt worden, und das hier sollte nun wohl das Besondere sein, die Krönung des Tages.

Das Motorengeräusch des Panzers erstarb und Sergeant Ke-ita baute sich vor der Gruppe auf. Nach dem Inferno aus Lärm klang seine Stimme seltsam leise und Jikal musste sich anstrengen, um ihn zu verstehen.

»Jetzt will ich doch mal sehen, ob ihr Mäuse oder Löwen seid!« Ke-ita stand breitbeinig da und sah die Jungen streng an. »Was wollt ihr sein?«

»Löwen, Sir!«, murmelten einige der Jungen, aber es klang nicht sehr überzeugend.

»So, Löwen also!«, höhnte Ke-ita. »Na, das überlegt euch besser noch mal! Also: Die, die Löwen sein wollen, rennen dem Panzer dann gleich entgegen und greifen ihn an! Die Mäuse dürfen sich in die Löcher dort drüben verkriechen!« Er zeigte auf eine Reihe schmaler, nicht sehr tiefer Mulden im Boden, in die sich gerade mal eine Person hineinducken konnte. »Los geht's!«

Jikal ahnte, was ihnen bevorstand, und er hätte nie gedacht, dass man mit weichen Knien so schnell laufen kann. Plötzlich wollte keiner der Jungen mehr ein Löwe sein; sie alle waren Mäuse, die nur noch eines wollten: einen sicheren Unterschlupf!

Der Fahrer wartete nicht, bis die Jungen ihre Schlupflöcher erreicht hatten. Noch bevor sie zehn Schritte getan hatten, startete er den Motor und ließ den Panzer langsam anrollen. Noah kannte das Spiel schon. Er sprintete mit aller Kraft auf das Loch zu, das den besten Schutz versprach, und brachte sich als Erster in Sicherheit. Winston war der Nächste, der sich über den Rand eines der Löcher rollte, und dann warf sich Jikal selbst nach vorne und rutschte bäuchlings in die flache Mulde.

Die Ketten des Panzers mahlten im Staub. Er brachte sich in Position, um in gerader Linie über die Löcher hinwegrollen zu können. Erde schob sich an den Seiten der Ketten zu halbmeterhohen Haufen zusammen. »Duckt euch!«, brüllte Ke-ita über den Lärm hinweg. »Auf jeden Fall unten bleiben!«

Jikal presste sich, so fest er konnte, auf den Boden, aber als die Erde unter ihm zu beben begann, hob er wie unter Zwang den Kopf und sah der Gefahr entgegen.

Groß wie ein Haus schob der Panzer sich auf die flache Mulde zu. Das Rasseln der Ketten war in dem ohrenbetäubenden Dröhnen der Maschine kaum wahrnehmbar. Immer näher schob sich der stählerne Koloss. Wo war der Fahrer? Jikal sah ihn nicht! Konnte der Mann überhaupt erkennen, wohin er fuhr?

Jikals Hände krampften sich in den Staub. Die Welt vor ihm bestand nur noch aus schwankendem, dröhnendem Stahl; dann war die Bodenwanne des Panzers über ihm.

Jikal presste den Kopf fest auf den Boden. Es wurde dunkel. Das Brüllen des Motors füllte das kleine Loch vollständig aus. Der Boden bebte. Die Erde begann zu bröckeln. Heißer Öldunst wehte herab. Es schien, als würde das enorme Gewicht, das auf den Ketten lag, den Boden zusammenpressen; als würde der Panzer sich langsam und unerbittlich immer weiter auf Jikal herabsenken. Nie hätte er gedacht, dass es so schwer sein könnte, einfach nur liegen zu bleiben. Alle Muskeln waren verkrampft. Er würde hier sterben! – Nur raus hier! – Aufspringen! – Zwischen den Ketten hindurchkriechen und rennen! – Nur noch rennen! – Das Donnern des Motors ließ etwas nach. Ein letzter Schwall Dieselgestank, es wurde heller und dann war es plötzlich vorbei.

Jetzt, wo es überstanden war, fühlten sich Jikals Knochen an, als seien sie aus Blei, und Muskeln schien es in ihm überhaupt keine mehr zu geben. Völlig erschlafft blieb er liegen und wunderte sich, dass er noch lebte.

Langsam, sozusagen im Schlenderschritt, nahm der Panzer die anderen Löcher zwischen die Ketten; dann gab der Fahrer Gas und das stählerne Monster verschwand aufbrüllend, umhüllt von einer Staubwolke, zwischen den Zelten des Lagers.

Jikal hob den Kopf und sah sich um. Auch aus den anderen Löchern tauchte hier und da schon ein Haarschopf auf. Offenbar war niemandem etwas passiert.

»Antreten lassen!«, bellte Sergeant Kc-ita und Jikal stand auf.

»Antreten!«, wiederholte er den Befehl, den doch ohnehin jeder gehört hatte, aber so wurde es nun mal beim Militär gemacht.

So schnell es ging, bildeten die Jungen eine Reihe. Manche waren noch etwas schwach auf den Beinen und es dauerte ein bisschen, aber Ke-ita hatte gute Laune und wartete großzügig. »Die schlechte Nachricht zuerst«, sagte er, als alle endlich in Reih und Glied standen. »Das machen wir jetzt jeden Tag! – Und nun die gute Nachricht: Ihr seid nur noch zwei Tage lang hier, dann habt ihr euren ersten Einsatz! – Wegtreten lassen! Feierabend!«

Jikal ließ wegtreten und die Gruppe schlenderte zu ihrem Zelt.

Silly hatte neues Feuerholz besorgt und alle Essgeschirre ausgewaschen. Jikal hatte ihn tagsüber ein paar Mal zum Fluss gehen sehen, immer zwei Konservendosen in der Hand. Manchmal war der Kleine ja richtig brauchbar!

Nur noch zwei Tage, dann habt ihr euren ersten Einsatz! Jikals ganzes Denken kreiste um diese Worte. Immer wieder blieben seine Blicke auf Noah hängen. Dieser stille Junge aus dem Norden war der Einzige, der vielleicht wusste, was ihnen bevorstand, und es kam Jikal so vor, als sei er heute Abend besonders ernst.

Nach dem Essen richtete Jikal es so ein, dass er sich neben Noah hocken konnte. Die anderen Jungen waren schon bald wieder in ihre Gespräche über zukünftige

Heldentaten vertieft und wie immer tat sich der unermüdliche Winston dabei besonders hervor. Gerade erklärte er, wie er mit einem Panzer fertig werden würde, der über ihn hinwegrollte: Er würde sich eine Handgranate nehmen und ...

Es war unerträglich!

Jikal wandte sich angewidert ab. »Was für ein Idiot!«, flüsterte er Noah zu.

»Er ist *hopeless*«, bestätigte Noah ebenso leise. »Schlimmer als Silly! Der Kleine weiß wenigstens, dass er blöd ist, aber er«, Noah nickte in Winstons Richtung, »er ahnt es noch nicht einmal!«

»Was passiert da draußen?« Jikals Stimme war nicht mehr als ein Wispern. »Was müssen wir machen, wenn wir *im Einsatz* sind?«

»Darf ich nicht drüber reden«, flüsterte Noah. »Die Offiziere haben's verboten.«

»Bitte!« Jikal fasste Noah fest am Oberarm. »Ich muss es wissen! Wie schlimm ist es wirklich?«

Noah legte seine Hand auf die von Jikal und sah ihm einen Moment lang ins Gesicht. »Na gut«, sagte er dann. »Weil du es bist! Komm, wir gehen ein Stück!«

Jikal stand auf und ging mit Noah zusammen zum Fluss hinunter. Noah sprach die ganze Zeit und Jikal brauchte nicht viel zu fragen. Es war, als sei ein Damm gebrochen und das ganze aufgestaute Entsetzen flösse aus Noah heraus.

Als sie sich dem Lagerfeuer wieder näherten, war es für Jikal klar: Heute oder morgen Nacht musste er fliehen, wenn er noch eine Chance haben wollte, am Leben zu bleiben. Noah hatte ihm *den Einsatz* erklärt: Sie mussten auf Sandalen vor den eigenen Panzern herlaufen, um nach Minen zu »suchen«. Sobald sie auf eine der Minen traten, würde sie in die Luft gehen. So wurde den Panzern der Weg frei gemacht.

Messies Show

In der Nacht gehörte die Savanne den Rebellen und die Männer, von denen Wilken und sein Fahrer überfallen worden waren, wussten das auch. Ohne Eile führten sie ihre Gefangenen zu dem alten Saviem-Lastwagen, mit dem sie gekommen waren, während der Humvee ohne Licht langsam hinter ihnen herrollte.

Wilken war stinksauer. Zuerst naturlich auf den Kerl, der ihm die Hand gebrochen hatte, aber auch auf sich selbst. Es war ein amateurhafter Fehler gewesen, den Dingen vorgreifen und ohne ausdrückliches Kommando aussteigen zu wollen. Es war doch klar, dass die Burschen allesamt hochnervös waren, wenn sie gerade ein Fahrzeug der Army gestoppt hatten!

Der Saviem-Kipplaster stand, massig wie ein urweltlicher Dinosaurier, hinter einer flachen Düne versteckt und man hatte sich sogar die Mühe gemacht, für die Nacht ein Zelt aufzubauen. Ein winziges Lagerfeuer, kaum mehr als ein glimmendes Gluthäufchen, warf einen schwachen Lichtschein auf die Gesichter der Männer, die die beiden vorwärts stießen. Andererseits konnten die Rebellen nun aber auch erkennen, dass sie einen Weißen gefangen genommen hatten, und einige verwunderte Ausrufe wurden laut.

Der Motor des Humvee erstarb und der Mann, der ihn gefahren hatte, kam ebenfalls heran. Er schien der Anführer zu sein, denn alle anderen machten ihm respektvoll Platz. Der Mann trug ein weißes Stirnband und wirkte auf Wilken wie ein wandelndes Waffenarsenal. In seinem Gürtel steckten ein Haumesser und ein Dolch, aus dem Schulterhalfter ragte der Kolben eines Revolvers und in der Hand trug er eine Maschinenpistole, die Wilken an der charakteristischen Form als eine Kalaschnikow AK 74 erkannte. Nun hatte er den Beweis leibhaftig vor sich: Hier in der Gegend wurden tatsächlich die Restbestände aller Armeen dieser Welt verramscht!

Unvermittelt klang Messies Stimme in Wilkens Ohr auf. »Behaupte einfach, dass du Chief Nanoma kennst, Schatz! Wenn ich richtig informiert bin, ist er der oberste Chef der Rebellen, und ich habe aus der Funküberwachung ein Stimmmuster von ihm. Wir könnten eine tolle Show abziehen! Hast du den Namen verstanden?«

Wilken grunzte bestätigend.

Der Anführer der Rebellen trat auf sie zu, gab seinen Leuten in einheimischem Dialekt ein paar Kommandos, sah dann zu den Gefangenen hin und fiel in die englische Sprache: »Sie haben sich ab sofort als Gefangene der ›Aufbaufront des freien Staates Eternia‹ zu betrachten!«

Eternia! Hübsch! Gleich die Ewigkeit im Staatsnamen! *Wirklich sehr hübsch!* Wilkens Hand schmerzte scheußlich, nur deswegen konnte er ein spöttisches Auflachen unterdrücken.

»Sind Sie verletzt?« Der Anführer hatte bemerkt, dass Wilken den rechten Arm mit der linken Hand abstützte.

»Einer Ihrer Leute hielt es für nötig, mir die Hand zu brechen.«

»Wenn Sie kooperieren, können Sie sich bald medizinisch versorgen lassen. Nennen Sie mir die Kontaktpersonen, mit denen ich über Ihre Freilassung verhandeln kann!«

Kein Wort des Bedauerns, dafür aber eine unverblümte Forderung nach Lösegeld. Dieser kleine Rebellenführer war ja ein richtiges Herzchen! »Rufen Sie doch einfach Chief Nanoma an!«, schlug Wilken vor.

»Gut so, Schatz!«, zirpte es aus dem Ohrstöpsel. »Gib's ihm richtig, und dann lass mich machen!«

»Nanoma?« Der Rebellenführer stutzte und legte den Kopf schräg. »Was haben Sie denn mit Papa Nanoma zu tun?«

»Geschäfte.«

»Ich wusste gar nicht, dass du so dümmlich-arrogant tun kannst!«, piepste Messie. Eine neue Schmerzwelle brandete Wilkens Arm hoch und die Knie wurden ihm weich. Er hätte sich gern gesetzt, aber er hatte keine Zeit für ein großes Palaver. Jetzt hieß es: durchhalten!

»Papa Nanoma ist weit und dieses Land ist groß«, grinste der Anführer und spielte am Griff des Haumessers herum. »Wie wollen Sie beweisen, was Sie sagen?«

Ohne ein weiteres Wort griff Wilken mit der verletzten Hand vorsichtig in die Innentasche der Jacke und zog betont langsam sein Handy heraus. Gewehrläufe ruckten hoch, aber er ließ sich nicht davon beirren und tippte mit der gesunden Hand willkürlich auf der Tastatur herum.

Einige der Rebellen lachten. Viele von ihnen hatten noch nie ein Handy gesehen, aber die, die so etwas kannten, wussten, dass es hier draußen unmöglich funktionieren konnte. Dieser wichtigtuerische Weiße machte sich ja lächerlich!

Wilken nahm das Handy ans Ohr und wartete einen Moment. Messie hatte die Verbindung zwar die ganze Zeit über aufrechterhalten – um die Sache aber echt aussehen zu lassen, ließ sie einige Sekunden verstreichen, bevor sie sich meldete: »Zentrale für Rebellenverarschung, Messie am Apparat, Sie wünschen?«

Trotz seiner Schmerzen musste sich Wilken ein Grinsen verkneifen. »Wilken hier! Ich möchte sofort mit Chief Nanoma sprechen!«

»Oh, der alte Gangster schläft!«, flunkerte Messie munter weiter. »Er träumt von einem eigenen Staat, den es nach meinen Hochrechnungen aber niemals geben wird!«

»Dann wecken Sie ihn!«, bellte Wilken unvermittelt los. »Seine Leute haben mich gefangen genommen und ich bin verletzt!«

Der Anführer der Rebellen sah Wilken höhnisch an. Er war offenbar der Überzeugung, dass der Weiße mit seinem Handy hier eine Show abzog, um ihn zu beeindrucken: *Niemand* war am anderen Ende der Leitung, und schon gar nicht Papa Nanomas Hauptquartier!

Fast eine Minute verging. Wilken stand so ruhig und

gelassen da, als befinde er sich in einer Telefonzelle am Belgrave Square in London, während der Rebellenführer nun doch langsam nervös wurde.

Da Messie nicht wissen konnte, wer das Handy zurzeit in der Hand hielt, gestaltete sie »Papa Nanomas« Auftritt perfekt: Stimmen im Hintergrund, jemand schimpfte in einheimischer Sprache, ein Stuhl wurde gerückt und dann klang endlich die Stimme des Chiefs auf.

»Nanoma!«, raunzte Messie missgelaunt mit tiefer Stimme. Es folgte ein für Wilken völlig unverständlicher Satz in der Landessprache. Einen Moment lang erlag selbst er der Illusion, den Chef der Rebellen wirklich am Apparat zu haben. »Guten Abend, Sir!«, grüßte er höflich. »Tut mir Leid, Sie stören zu müssen, aber ich bin gerade von Ihren Leuten festgesetzt worden!«

»Hallo, Mister Wilken! Wieso werden Sie festgehalten und von wem?«, kam es nun auf Englisch von Messie/Nanoma.

Wilken lächelte dem Anführer zu und fragte ihn kühl: »Ihr Name bitte?«

»Commander Steelblade!« Der Mann warf hochmütig den Kopf in den Nacken und grinste überlegen. Von der Show dieses Weißen ließ *er* sich nicht ins Bockshorn jagen!

Kommandant Stahlklinge! Was für ein niedlicher Name ... Wilken verdrehte die Augen. Der Kerl hatte zu viel Phantasie und einen schlechten Geschmack dazu! Angewidert gab er den Namen weiter.

»Und dieser Idiot wagt es, meinen besten Geschäftspartner aufzuhalten?«, grollte Messie/Nanoma. »Geben Sie mir den Kerl mal!«

»Moment bitte!« Wilken nahm das Handy vom Ohr und hielt es dem Rebellenführer auffordernd hin. Damit hatte der nun überhaupt nicht gerechnet. Langsam schob er sich näher und griff zögernd nach dem Gerät, als könne es ihn beißen – was es in gewissem Sinne dann ja auch tat.

Als Steelblade jetzt völlig unvermutet die Stimme seines obersten Kriegsherrn vernahm, stand ihm vor Überraschung der Mund offen. Volle zwei Minuten wetterte Messie/Nanoma in der Landessprache auf den Mann ein, der ab und zu einzelne Worte dazwischenbekam, wahrscheinlich die Entsprechungen für »Ja, Chef!«, »Natürlich!«, »Sofort!« und »Verzeihung!«. Leider bekam Wilken keine Simultanübersetzung auf seinen Ohrstöpsel, denn das hätte die Kapazität des Handys dann doch gesprengt.

Der Rebellenführer sah aus, als seien sämtliche Dämonen Afrikas ihm gleichzeitig erschienen. Noch während er sprach, bedeutete er seinen Leuten, die Gefangenen freizulassen und zum Wagen zu führen. Die Rebellen waren mindestens ebenso verwirrt wie ihr Chef, aber nach kurzem Hin und Her gehorchten sie ihm doch. Der Fahrer setzte sich völlig überrascht hinter das Lenkrad des Humvee und auch Wilken stieg ein, wobei er peinlichst darauf achtete, mit der verletzten Hand nirgends anzustoßen.

Endlich hatte »Commander Steelblade« den Anpfiff überstanden und nahm das Handy vom Ohr. »Entschuldigung!«, murmelte er verlegen, als er Wilken das Gerät zurückgab. »Ich konnte ja nicht wissen ...«

Wilken beachtete ihn nicht. »Abfahren!«, sagte er nur und sein Begleiter ließ den Motor an. Die Rebellen traten vom Wagen zurück und gaben den Weg frei. »Geben Sie Gas, Mann!«, zischte Wilken dem Fahrer zu. »Die Burschen können jeden Moment über Funk Verbindung zum echten Nanoma aufnehmen, und dann sind wir reif!«

Das ließ der Fahrer sich nicht zweimal sagen. Er schaltete das Licht ein und trat das Gaspedal bis zum Bodenblech durch. Der Motor brüllte auf, Sand stiebte hoch und wie von der Sehne geschnellt jagte der Humvee an dem riesigen Saviem vorbei hinaus in die Nacht.

»Mann, wie haben Sie das denn hingekriegt?« Der Fahrer war mindestens ebenso verwirrt wie der Anführer der Rebellen.

»Sorry, Berufsgeheimnis!« Wilken hob bedauernd die Schultern, was er aber sofort bereute, denn augenblicklich stiegen wütende Schmerzwellen aus seiner Hand empor.

»Schätze, ich verdanke Ihnen mein Leben«, stellte der Mann fest. »Nicht nur, dass ich in der Army bin, ich gehöre auch noch einem Stamm im Kernland an, dessen Chief sich zur Regierung bekennt. Die hätten mich *niemals* laufen lassen, wenn sie das rausgekriegt hätten!«

»Ist ja vorbei«, meinte Wilken.

»Nein, ist nicht vorbei!«, widersprach der Mann. »Ich schulde Ihnen was!«

»Wenn Sie meinen – gut! Aber da reden wir später drüber. – Einen Moment bitte!« Gerade zirpte Messies Stimme wieder in Wilkens Ohr: »Bist du wieder frei, Schatz?«

»Ja, Schatz! Danke!«

»Oh, Schatz, du machst mich glücklich! – Sag mal ...«

»Ja? Was denn?«

»Bist du verletzt? Dein Stimmmuster sagt mir, dass du Schmerzen unterdrückst!«

»Einer von den Kerlen hat mir wohl die Hand gebrochen.«

»Oh, Schatz, das tut mir so Leid!«, stöhnte Messie. »Die Schakale sollen ihn fressen!«

»Davon wird's auch nicht besser«, knurrte Wilken, aber im Grunde genommen war er ganz Messies Meinung. »Jetzt sag mir aber bitte mal, wie du uns da rausgeboxt hast!«

»Für die Rebellen bist du jetzt ein isländischer Waffenhändler, der in Papa Nanomas Auftrag unterwegs ist, um jede Menge Material ins Land zu schaffen.«

»Isländisch?« Wilken staunte.

»Mir ist gerade nichts Besseres eingefallen«, sagte Messie kleinlaut.

»Schon gut.« *Du lieber Himmel: ein isländischer Waffenhändler! Fünfhunderttausend Gigabyte Speichervolumen, und dann das! Hatte man je eine dümmere Lüge gehört?* »Dieser Commander Steelblade war ja völlig fertig! Was hast du ihm denn alles angedroht?«

»Oh, Schatz«, hauchte Messie. »Das kann ich dir unmöglich erzählen! Ich müsste mich dann vor dir schämen!«

»Ist mir sowieso ziemlich klar, meine Liebe! Ich habe genau gesehen, wo er seine Hand schützend hingehalten hat, als er mit dir sprach!«

»Da schaut man aber nicht hin, Schatz!«, rügte Messie. »Das ist unanständig! – Ach, bevor ich es vergesse: Du musst diesen Leuten ja jetzt zwanzig Allrad-Lastwagen, vier Schützenpanzer, sieben Feldhaubitzen und achtzig schwere Maschinengewehre liefern! Außerdem Munition für ...«

»Sehr witzig!«, knurrte Wilken und unterbrach die Verbindung.

Schon seit zwanzig Minuten jagte der Fahrer den Humvee mit irrwitziger Geschwindigkeit über die Savanne. Der Motor dröhnte, das Dachgestänge rasselte und jede Erschütterung des Wagens übertrug sich auf Wilkens verletzte Hand. Bohrender Schmerz strahlte bis in seinen Brustkorb aus und nahm ihm fast den Atem. Er hatte das Gefühl, der rechte Arm werde ihm im Schultergelenk ausgerissen. Er beschimpfte sich selbst als Memme, schließlich war es nur eine gebrochene Hand – aber es half alles nichts: Der Schmerz trieb ihm den Schweiß aus sämtlichen Poren und trotz der Kühle der Savannennacht war ihm heiß.

»Können die uns eigentlich noch erwischen?«, fragte er den Fahrer und wies mit dem Daumen der gesunden Hand über die Schulter.

»Keine Chance!«, überschrie der Mann den Motoren-lärm. »Der alte Saviem schafft keinesfalls mehr als drei-ßig Meilen in der Stunde. Soll ich mal anhalten?«

Wilken nickte und sofort nahm der Fahrer Gas weg. Der Humvee machte noch ein paar Sprünge und rollte dann zwischen den Grasbüscheln aus.

»Puh!« Wilken stieß erleichtert die Luft aus und drückte mit der gesunden Hand die Tür auf. Die kühle Luft tat gut. Er kletterte aus dem Wagen und lehnte sich an die Motorhaube. Das Fahrzeug bewegte sich ein wenig, die Fahrertür schlug zu und der Fahrer kam um den Wagen herum.

»Ist es schlimm? Sie sehen aus wie ein Geist!«

Wilken antwortete nicht. Er kam sich unglaublich lächerlich vor, wie er so dastand – die rechte Hand vor sich in der Schwebe haltend, wie ein Hund, der Pföt-chen geben will.

»War das vorhin eigentlich Ihr Ernst, dass ich bei Ihnen was guthabe?«, fragte er.

»Sie haben mir das Leben gerettet«, sagte der Mann und ging wieder auf die Fahrerseite. »Die Burschen hät-ten mich in Streifen geschnitten, wenn sie herausge-kriegt hätten, wer ich bin!« Er öffnete eine der Türen und suchte etwas im Inneren des Wagens.

»Wer *sind* Sie denn?«, fragte Wilken nach hinten.

Der Fahrer kam zurück und knallte einen Blechkas-ten auf die Motorhaube. »Ein ziemlich hoher Offizier – und der Lieblingsneffe des Gouverneurs dazu.«

»Da hätten Sie den Kerlen bestimmt ein schönes Lösegeld eingebracht!« Wilken war nicht sonderlich überrascht. Etwas Ähnliches hatte er sich schon gedacht.

»Nicht in *dem* Fall!« Der Mann öffnete den Kasten und kramte darin herum. »Meine Familie hat nicht nur Geld, sondern auch Macht. Genau die Art von Macht, die die Rebellen erringen wollen. Und die Macht eines Feindes kann man sich nur aneignen ...«

»... indem man ihn tötet«, ergänzte Wilken. »Hab schon begriffen. Ich bin zwar weiß, aber nicht blöd!« Er bemühte sich aus seiner Jacke herauszukommen.

»Wir sind hier in Afrika«, meinte der Mann weiter erklären zu müssen. »Viele meiner Landsleute sind ein wenig – na ja – sagen wir: abergläubisch.« Er hatte gefunden, was er suchte, und kam mit einem großen, schwarzen Tuch auf Wilken zu. »So, Zähne zusammenbeißen!«, befahl er und zwei Minuten später war Wilkens Arm mit einer perfekt angelegten Schlinge ruhig gestellt.

»Danke!« Wilken wischte sich den Schweiß von der Stirn und lehnte sich wieder zurück. Weit hinter dem Wagen huschte kurz ein Lichtschein über die Savanne, aber es war kein Motorengeräusch zu hören und das Licht kam nicht näher. Wenn die Rebellen nach ihnen suchten, dann in der falschen Richtung.

Wilken sah seinem Fahrer forschend ins Gesicht: »Würden Sie mir ein paar Fragen ehrlich beantworten?«

»Ja, sicher!« Der Mann klappte den Verbandskasten zu und brachte ihn in den Wagen zurück.

»Auch wenn Sie Ihren Onkel damit möglicherweise in Schwierigkeiten bringen?«

»Kommt darauf an«, sagte der Fahrer und lehnte sich wieder neben Wilken an den Wagen. »Aber ich würde Sie nicht belügen, falls Sie das meinen. Also – wie kann ich Ihnen helfen?«

Eine halbe Stunde später wusste Wilken über die Zustände im Land besser Bescheid als sämtliche Regierungen und Hilfsorganisationen zusammen. Der Fahrer, der Wilken eigentlich als Aufpasser zugeteilt war, hatte rückhaltlos Auskunft gegeben. Wenn er auch durch seine Familie selbst in die Machenschaften der Regierung verstrickt war, fand er dennoch nicht alles richtig, was der Präsident, die Minister und die Gouverneure – Generalmajor N'gara, sein eigener Onkel, eingeschlossen – taten.

Zum Widerstand gegen die überall offen herrschende Korruption hatte aber auch er sich nicht entschließen können. »Wenn man nicht mit der Herde läuft, wird man niedergetrampelt«, hatte er versucht seine Einstellung zu erklären. »Und wenn man in diesem Land als Kritiker der Regierung auffällt, sorgen die Bosse sehr schnell dafür, dass man keine Chance mehr erhält ihnen zu schaden.«

Dann hatte der Fahrer über Camp Segou ausgepackt: Er wusste, dass die Zahl der zu versorgenden Flüchtlinge von der Regierung mehr als doppelt so hoch angegeben worden war, um mehr Hilfsgüter aus dem Ausland zu erhalten. Er wusste auch, dass der allergrößte Teil der Hilfslieferungen für die Armee verbraucht wurde. Auf der anderen Seite war die Rebellengefahr bei weitem nicht so groß, wie sie der Weltöffentlichkeit gegenüber dargestellt wurde. Papa Nanomas Leute hätten es niemals gewagt, einen starken Konvoi anzugreifen. Ausländische Helfer und Berichterstatter hätten also ohne weiteres nach Segou gebracht werden können.

Zum Schluss überraschte er Wilken noch damit, dass er sogar wusste, wohin der Löwenanteil der Hilfsgüter gebracht wurde: Es handelte sich um eine Einheit von etwa tausend Soldaten, die sich in einem großen Camp hier in der Nähe darauf vorbereitete, ein paar kleine Rebellennester auszuheben. Hiermit war es so gut wie bewiesen: Dieser Staat veruntreute die Hilfsgüter der internationalen Organisationen, um seine Soldaten billig durchzufüttern.

»Gut!«, sagte Wilken, als er die neuen Informationen eine Weile überdacht hatte. »Ich will noch heute Nacht einen Lastwagen voller Lebensmittel und Medikamente nach Segou bringen. Meinen Sie, dass Ihr Onkel genug Einfluss hat, um die entsprechenden Befehle zu geben?«

»Genug Einfluss schon!« Der Fahrer nickte. »Ich frage mich nur, wie Sie ihn dazu bringen wollen!«

»Er wird ganz sicher zustimmen, keine Sorge«, meinte Wilken gelassen. »Kann ich mich auf Ihre Hilfe verlassen, wenn wir seinen Segen haben?«

»Der Wunsch meines Onkels wird mir Befehl sein.« Ein listiges Lächeln schlich um seine Augen. »Besonders dann, wenn der Befehl meines Onkels auch meinem eigenen Wunsch entspricht!«

»Und? Tut er das?«

»Sprechen Sie Deutsch?«, fragte der Mann statt einer Antwort.

»Mein Vater ist Deutscher«, sagte Wilken.

»Ich war ein paar Jahre in Deutschland«, erklärte der Fahrer. »Da habe ich ein Wort gelernt, das mir sehr gefällt. Was wir hier mit den Flüchtlingen machen, das ist eine *verdammte Riesensauerei!*«

Wilken nickte bedeutungsschwer. Dann wies er mit dem Kopf auf die Fahrerkabine des Humvee. »Funktioniert das Funkgerät?«

»Ich bin zwar schwarz, aber nicht schlampig!«, revanchierte der Fahrer sich für Wilkens Spruch von vorhin. Es sollte lustig klingen, aber der Tonfall des Mannes war merklich kühler.

Ups! Dass ausgerechnet er sich hier ganz unbewusst als arroganter Weißer aufgespielt hatte, trieb Wilken das Blut ins Gesicht. »'tschuldigung, war nicht so gemeint!«

»Schon gut«, wiegelte der Fahrer schnell ab. »Ihre Frage war gar nicht so unberechtigt. Die Hälfte aller Funkgeräte der Army ist wirklich defekt.«

Mit diesen Worten ließ er Wilken stehen, setzte sich in den Wagen und nahm Verbindung mit dem Gouverneur auf.

Wilken, der immer noch an der Motorhaube lehnte, gab Messie den Auftrag, das Funkgespräch mitzuhören und für ihn simultan zu übersetzen. Der Fahrer erstattete seinem Onkel Bericht über die Vorgänge der Nacht und hob besonders hervor, dass Wilken ihm bei den Rebellen das Leben gerettet hatte. Dann umriss er kurz

Wilkens Plan und der Gouverneur stimmte zähneknirschend zu. Er würde die Leute in dem großen Army-Camp sofort anweisen, einen Lastwagen mit Hilfsgütern zu beladen und zur Abholung bereitzuhalten. Soviel Wilken dem Gespräch entnehmen konnte, lief alles wie am Schnürchen: Der Gouverneur beugte sich Wilkens Macht über seine Finanzen und der Fahrer war nicht darauf aus, ihn, den Weißen, hereinzulegen.

Der Fahrer beendete das Gespräch und der kurze Bericht, den er gab, stimmte mit dem überein, was Wilken schon gehört hatte. Der Mann schien wirklich in Ordnung zu sein und damit war Wilkens Entscheidung, wie er jetzt weiter vorgehen würde, gefallen: Er konnte sich einen Teil der Recherche sparen und dafür auf der Stelle eine konkrete Aktion starten, die den Flüchtlingen zugute kam.

Er gab den Stand der Ermittlungen in kurzer Form an Messie durch und dann ging es mit Ziel auf das große Army-Camp an der Flussbiegung weiter. In etwa einer Stunde würden sie dort sein.

Wilken lehnte sich auf dem Beifahrersitz zurück. Ja, alles lief bestens, jedenfalls was seine Mission betraf. Von Fiona und François wusste er nichts – aber Messie hatte keinen Alarm gegeben. Er konnte also davon ausgehen, dass die beiden unbehelligt geblieben waren. Das war auch für sein weiteres Schicksal von Bedeutung, denn in knapp einer Stunde begab er sich geradewegs in die Hände der Armee von Gouverneur N'gara: Wenn doch etwas schief gelaufen war, würde er spätestens dann auf ihre Hilfe angewiesen sein.

Das große Army-Camp an der Flussbiegung lag viel näher an der Okanga-Airbase als das Flüchtlingslager, wo der Fluss die Grenze markierte. Nach einer knappen Stunde kam ein Lichtzeichen aus der Ferne. Die Posten des Camps hatten die Scheinwerfer des Humvee entdeckt und lotsten den Wagen so zu sich heran.

Wenig später blickten Wilken und der Fahrer schon wieder in ein halbes Dutzend Gewehrmündungen, und die Gesichter der Soldaten darüber sahen nicht sehr freundlich aus!

Die Flucht

Jikal lag mit offenen Augen auf dem Rücken und lauschte den gleichmäßigen Atemzügen seiner Kameraden. Ab und zu stöhnte einer der Jungen im Schlaf, wenn die Träume zu viel Macht über ihn gewannen, und manchmal klangen undeutlich gemurmelte Wortfetzen auf. In Sillys Ecke war es wie jede Nacht besonders unruhig. Jikal hatte den Verdacht, dass Kopfschmerzen den Kleinen in der Nacht niemals richtig zur Ruhe kommen ließen, wenn er auch nie darüber klagte.

Jikal hatte sich entschieden! Noch in dieser Nacht würde er der Armee den Rücken kehren. Besser wäre es zwar gewesen, noch einen Tag zu warten und zu versuchen die Flucht richtig vorzubereiten, aber das Risiko war zu groß. Schon einmal hatte man die Jungen von jetzt auf gleich in ein anderes Camp verlegt, und wer wollte dafür garantieren, dass es dieses Mal nicht genauso kam?

Winston gab auf seinem Lager ein paar Schnarcher von sich. Auch das noch! Aber Jikal merkte, dass der Ärger ihn wach hielt, und das war gut so.

War es wohl ein Fehler gewesen, Noah von dem Fluchtplan zu erzählen? Jikal hatte gehofft, in dem schweigsamen Jungen einen Gefährten für die Flucht zu finden, aber der hatte abgelehnt. »Mein Dorf liegt im Rebellenland und dort wissen alle, dass ich in der Armee bin.« Mehr hatte er nicht zu sagen brauchen. Jikal hatte begriffen: Für Noah gab es keine Heimat mehr. Seine eigenen Leute würden ihn wie einen Feind behandeln.

Dann eben allein! Jikal biss die Zähne zusammen und starrte in die Finsternis über sich. Er hatte keine Ahnung, was die Soldaten mit ihm machen würden, wenn sie ihn wieder einfingen, aber noch schlimmer als das, was ihm bei den Einsätzen sowieso bevorstand, konnte es ohnehin nicht sein. Dafür hatte seine Mutter ihn nicht geboren, dass er mit seinem Leben die Panzer der Armee schützte!

Wie es Sunny wohl ging? Wenn er doch bloß eine Taschenlampe oder auch nur ein paar Streichhölzer gehabt hätte, denn wenn er schon desertierte, dann wollte er auch gleich im Ambulanzzelt nachsehen, ob es dort Augentropfen gab. Wenn man ihn auf der Flucht erwischte, fiel ein Diebstahl schließlich auch nicht mehr ins Gewicht.

Und dann, wenn er es geschafft hatte? In Camp Segou kannte man ihn. Er würde sich bei Nacht zu seiner Familie schleichen müssen, denn am Tag durfte er sich dort nicht blicken lassen. Nichts als Schwierigkeiten, aber das würde sich finden. Nein – das *musste* sich finden!

Es wurde Zeit. Um in der Nacht schon weit zu kommen, wollte Jikal so früh wie möglich aufbrechen. Von draußen drang entferntes Lachen durch die Plane. Das hier war ein großes Lager, das niemals ganz zur Ruhe kam, aber im Zelt war nun alles still. Geschmeidig wie eine Eidechse glitt Jikal von seinem Lager und zog geräuschlos die Wolldecke über sich.

Etwas raschelte im Zelt. Jikal erstarrte, aber es war nur Silly, der sich wohl im Schlaf bewegte. Wenn bloß Winston nicht aufwachte! Wenn ausgerechnet er ihn beim Desertieren erwischte, dann war alles aus!

Vorsichtig schob Jikal sich an die Zeltplane heran. Der schwere, gewachste Stoff ließ sich mit Mühe ein paar Fingerbreit anheben. Jikal schob sein Essgeschirr nach draußen, zog sich die Decke über den Kopf und zwängte sich in den schmalen Spalt. Die Decke gab ein wenig Schutz, dennoch schrammte der harte, straff gespannte Saum der Plane schmerzhaft über seinen Rücken.

Draußen war es fast ebenso dunkel wie im Zelt. Jikal lag einen Moment lang ruhig auf dem Boden und lauschte, dann zog er die Beine unter der Plane hervor. Plötzlich spürte er, wie sich eine Hand auf seine Wade legte. Winston!

Jikal hätte vor Schreck fast aufgeschrien. Hastig riss er das Bein unter der Plane hervor und trat mit dem anderen Fuß zu. Ein dünner, unterdrückter Wehlaut, kaum mehr als das Piepsen einer Maus, drang durch den Zeltstoff und der Griff löste sich.

Jikal hielt inne. Das war nicht Winston! Der hätte sich mit Gebrüll auf ihn gestürzt und sofort Alarm geschlagen. Die Zeltplane hob sich und leise keuchend zwängte sich eine kleine Gestalt darunter hervor: Silly!

»Mann! Was willst du denn hier?«, zischte Jikal ihm ins Ohr. Sein Schreck war augenblicklich in helle Wut umgeschlagen. Das Letzte, was er jetzt gebrauchen konnte, war dieser kleine Trottel, der ständig über seine eigenen Füße stolperte! »Hau bloß ab!«

Obwohl es dunkel war, konnte Jikal sehen, dass Silly abwehrend die Hände hob. Er fürchtete wohl, dass Jikal ihn schlagen würde.

Jikal fasste den Kleinen am Arm und zog ihn in eine Lücke zwischen zwei Lastwagen, die in der Nähe standen; hier konnten sie miteinander sprechen, ohne Gefahr zu laufen, die anderen zu wecken.

»Was willst du von mir?« Vor lauter Ärger rüttelte Jikal an Sillys Arm, dann merkte er, dass er dem Kleinen wehtat, und ließ schnell los. »Entschuldige!«

»Ji-kal weg! Ich will – mit!«, kam es leise aus dem Dunkel, aber da war es Jikal selbst schon klar, dass er den Kleinen unmöglich zurückschicken konnte. Nicht zurück zu Winston, der ihn hasste und dem er ohne Jikals Schutz wieder hilflos ausgeliefert war. Ärgerlich schnaufend begann er sein Essgeschirr in die Decke einzuwickeln. Das Bündel drückte er Silly in die Hand.

»Komm mit, du Blödi!« Jikal war so gereizt und aufgeregt, er *musste* den Kleinen einfach beleidigen. »Aber sei leise!« Dann ging er geduckt los. Keine hundert Meter von hier war das Ambulanzzelt und dort hatte er schließlich noch etwas zu erledigen. Alle paar Schritte sah Jikal sich um. Silly folgte ihm wie ein Schatten.

Jikal hatte damit gerechnet, auf dem üblichen Weg in das dunkle Ambulanzzelt kriechen zu müssen, aber dort brannte Licht und der Zelteingang war nach oben gerollt und festgezurrt.

Jikal stoppte. Das lief alles nicht nach Plan! »Warte hier und pass auf die Sachen auf!«, wies er Silly an und ließ ihn einfach im Durchgang zwischen zwei Zelten stehen. Es war Licht im Zelt, aber niemand darin. Die Sache gefiel Jikal überhaupt nicht. Andererseits war die Gelegenheit günstig wie nie! Noch bevor Jikal richtig überlegt hatte, war er schon im Zelt und sah sich um.

Die starke Petroleumleuchte, die an der Mittelstrebe hing, gab zischende Geräusche von sich. Das Licht war grell und jeder, der draußen vorüberging, konnte Jikal sehen. Große Aluminiumkisten standen überall im Zelt herum. Manche von ihnen waren ganz flach und hatten Beine wie Tische, und manche waren so groß, dass bestimmt zwei Männer nötig waren, um sie zu bewegen.

Wo standen bloß die Augentropfen? Rasch hob Jikal einen der Metalldeckel an und überflog die darin enthaltenen Schachteln, Fläschchen und Ampullen. – Nichts!

Die nächste Kiste enthielt vornehmlich Verbandszeug, aber bei der dritten hatte Jikal Glück. Die Bezeichnungen der Medikamente konnte er zwar nicht deuten, aber auf einer Reihe kleiner Pappschachteln entdeckte er ein mit wenigen Strichen dargestelltes Auge. Diese Packungen kannte Jikal. Er griff zu und steckte sich zwei der Packungen, die Tropfen enthalten mussten, in die rechte Hosentasche; noch ein Griff und zwei schmalere Schächtelchen, wahrscheinlich Salbe, verschwanden in der linken. Jikal ließ den Deckel herab und drehte sich um. Es hatte geklappt und der Impuls, einfach aus dem Zelt zu rennen, war fast übermächtig, aber er zwang sich zur Ruhe.

Fast im Bummeltempo trat Jikal ins Freie. Niemand, der ihn so sah, wäre auf die Idee gekommen, dass er ein schlechtes Gewissen haben könnte; und eigentlich hatte er auch keins, aber sein Herz raste vor Angst.

Plötzlich hörte er ganz in seiner Nähe Stimmen.

»Meinetwegen! Dann pack ich eben eine Kiste voll! Aber wenn ihr mich fragt, ist das ausgemachter Blödsinn. Wir brauchen das Zeug schließlich selbst!«

Jikal zuckte zusammen, als habe er einen Peitschenhieb erhalten. Die Stimme war laut gewesen, und so nah! Schritte klangen neben dem Ambulanzzelt auf. Nichts wie weg, aber dafür war es zu spät. Jeden Moment musste der Mann aus dem Durchgang zwischen den Zelten kommen! Jikal drehte sich um und blieb stehen.

»Was willst du denn hier?« Der Mann mit der weißen Armbinde, der um die Ecke bog, sah Jikal misstrauisch an und stoppte seine Schritte. »Was stehst du hier herum? Solltest du nicht in deinem Zelt sein?«

»Verzeihung, Sir, aber ich kann nicht schlafen, Sir!«, brachte Jikal mit zitternder Stimme hervor. »Meine Arme und Beine tun mir weh. Haben Sie nicht etwas, was man da drauftun kann?« Mit jämmerlichem Ge-

sichtsausdruck hielt er dem Sanitäter seine zerschunde-
nen Arme entgegen, auf denen tatsächlich ein paar
Kratzer vom Stacheldraht zu sehen waren.

»Schmerzen, ja?« Der Sanitäter kam näher.

»Es tut weh, Sir!« Jikal bemühte sich, gleichzeitig ein-
fältig und ängstlich zu wirken.

»Wenn du nicht sofort verschwindest, zeig ich dir,
was wirklich wehtut!« Der Mann holte aus und führte
einen halbherzigen Schlag gegen Jikals Gesicht, der
aber nicht traf. Jikal schrie unterdrückt auf, stolperte
einen Schritt weit zurück und hob abwehrend die
Hände.

»Wie heißt du?«

»Winston, Sir!« Jikal stand voll im Licht. *Drückten
sich die Packungen durch den Stoff der Shorts? Konnte
der Mann sehen, dass er etwas versteckte?*

»Wer ist dein Vorgesetzter?«

»Bossboy Jikal, Sir!« *Immer schön blöd stellen, das
zumindest nimmt einem jeder Vorgesetzte ab!*

»Idiot!«

»Sergeant Ke-ita, Sir!«, verbesserte Jikal schnell.

»Los jetzt, zurück in dein Zelt!«, kommandierte der
Mann. »Ich werde dich und diesen Jikal dem Ausbilder
melden!«

»Ja, Sir! Verzeihung, Sir!«, stammelte Jikal und drehte sich um. *Fall in die Jauche, Sir!*, setzte er noch hinzu,
allerdings nur in Gedanken.

Mit eiligen Schritten ging Jikal in Richtung Jungen-
zelt. Der Mann sah ihm misstrauisch nach. Er spürte die
Blicke in seinem Rücken. Wenn Silly jetzt mit der Decke

unter dem Arm zwischen den Zelten hervorgestürmt kam ...

Aber nichts dergleichen geschah.

Als Jikal außer Sicht war, bog er sofort zwischen die Zelte ab. Jetzt musste er Silly finden. Aber kaum war er in die Dunkelheit eingetaucht, da stieß er auch schon fast mit ihm zusammen. Der Kleine hatte ihn offenbar hinter der Zeltreihe verfolgt. Ganz schön pfiffig für seine Verhältnisse!

»Komm, wir gehen runter zum Fluss!« Jikal wollte die Decke wieder an sich nehmen, aber Silly hielt sie eisern fest und schüttelte den Kopf. Mit einem Schulterzucken wandte Jikal sich ab und ging voran. Sein Plan war es, den Exerzierplatz zu überqueren und dann am sandigen Flussufer entlang das Lager zu verlassen. Der Fluss war die einzige Überlebensgarantie. Es hatte keinen Sinn, einfach in die Savanne hinauszulaufen, da hätten sie keine drei Tage lang durchgehalten. Wenn sie aber in der Nähe des Flusses blieben, hatten sie wenigstens Wasser, und wenn Jikal sich nicht völlig täuschte, war es sogar derselbe Fluss, an dem das Flüchtlingscamp lag.

Jikal und Silly kamen ohne Probleme aus dem Lager heraus. Die wenigen Posten rechneten hier nicht wirklich mit einem Angriff der Rebellen, waren entsprechend nachlässig und hockten lieber zusammen und erzählten sich was.

Die Regenzeit war vorbei und der Fluss hatte sich tief

in sein eigentliches Bett zurückgezogen. Wenn die Savanne völlig vom Regen durchweicht war, stieg der Wasserspiegel und der Fluss wurde viel breiter. Die Wassermassen hatten im Lauf der Jahrhunderte eine breite Schneise in die Steppe gespült und der Fluss hatte sich immer tiefer in den Boden gefressen. In diesem vom Wasser geschaffenen Tal hielten sich die Jungen, bis sie außer Sichtweite des Lagers waren.

Das Gehen war beschwerlich. Bei jedem Schritt sackten die Füße in den tiefen Sand ein und Jikal hatte das Gefühl, kaum voranzukommen. Silly keuchte hinter ihm her. Der Kleine hatte jetzt schon Schwierigkeiten, aber er hielt die Decke fest an seinen Körper gepresst und biss die Zähne zusammen.

Endlich waren sie weit genug! Jikal kletterte die Böschung hinauf und sah sich um. Weit hinter ihnen konnte er an ein paar vereinzelten Lichtpunkten das Lager erkennen. Er reichte Silly die Hand und zog ihn auf den festen Savannenboden.

Von nun an würden sie besser vorankommen. Jikal ging mit schnellen Schritten voraus und Silly folgte ihm dichtauf. Manchmal stolperte er und Jikals Decke behinderte ihn beim Laufen, aber hergeben wollte er sie auf keinen Fall. Der Kleine war schon ganz in Ordnung und er erwies sich als viel zäher, als Jikal gedacht hatte. Ab und zu sprach er ein paar Worte zu ihm, und wenn er auch keine Antwort bekam, so war es doch ein gutes Gefühl, nicht allein durch die Nacht marschieren zu müssen.

Es ging gut voran und nach einiger Zeit war das

Lager hinter ihnen nicht mehr zu erkennen. Es ging sogar *so gut* voran, dass Jikal den alten Saviem-Lastwagen, der in einer Bodensenke verborgen war, erst bemerkte, als er direkt vor ihm stand.

»Schnell weg!« Jikal warf sich herum und Silly stolperte ihm hinterher, aber es war zu spät. Rufe erklangen, Licht flammte auf und nach wenigen Schritten hatten die Männer, die im Dunkeln auf sie gelauert hatten, sie eingeholt. Jikal versuchte sich zu wehren und er sah, dass Silly wild um sich trat, aber die Männer waren viel stärker. Jikal gab auf und auch Sillys Widerstand wurde schwächer.

Ein Mann mit weißem Stirnband trat in den Lichtschein. »Ihr seid Gefangene der ›Aufbaufront des freien Staates Eternia‹!«, spulte Commander Steelblade mit wichtiger Miene seinen Spruch ab und spielte dabei am Griff seines Haumessers herum.

Keine fünf Minuten, und Jikal wusste Bescheid: Der Commander war verrückt! Verrückt wie ein Skorpion im Feuer! Er schrie die Jungen ununterbrochen an und nannte sie Spione. Er drohte ihnen mit Auspeitschung und Schlimmerem und er stolzierte mit gezogenem Haumesser vor ihnen umher, um sie einzuschüchtern. Was Jikal auch sagte, der Commander hörte gar nicht darauf. Er steigerte sich immer weiter in eine durch nichts gerechtfertigte Wut hinein. Immer wieder ließ er die breite Klinge des Buschmessers spielerisch durch die Luft wirbeln und kam ganz dicht an die Jungen heran.

Jikal hatte Angst wie noch nie in seinem Leben. Lieber wollte er sich jeden Tag von zehn Panzern überfahren lassen, als auch nur eine Minute länger mit diesem Irren zusammen zu sein. Aber es half nichts: Er und Silly waren Gefangene und die Männer des Commanders bewachten sie. Eine Flucht war absolut ausgeschlossen.

Die Rettung ließ eine Ewigkeit auf sich warten: Plötzlich knatterte ein Lautsprecher in der Kabine des Saviem und ein Funkspruch kam durch. Andere Rebellen hatten einen Konvoi aus drei Armee-Fahrzeugen gesichtet, der in diese Richtung unterwegs war. Sofort vergaß Commander Steelblade seine Gefangenen und ließ aufbrechen. Pech, dass einer der Männer die Jungen dann doch noch auf die Ladefläche scheuchte.

Länger als eine Stunde schon quälte der alte Saviem sich durch die Savanne. Der Fahrer schien es zuerst nicht besonders eilig zu haben, aber dann tauchte ein Scheinwerferpaar auf, und von da an wurde es ungemütlich.

Ein anderer Lastwagen kam aus der Savanne herangejagt. Die Rebellen begrüßten einander mit Zurufen und der Fahrer des Saviem gab Vollgas. Anscheinend wollte er ein Wettrennen veranstalten, aber er hatte keine Chance gegen den anderen Wagen, denn der war kleiner und viel schneller als der Saviem und fuhr bald voraus.

Die Stöße, die die Ladefläche in rasendem Takt emporschnellen ließen, waren furchtbar. Jikal meinte, der Wagen müsse jeden Moment auseinander brechen.

Er und Silly standen zwischen den Rebellen und versuchten das Gerüttel der Holzpritsche mit federnden Knien auszugleichen, während sie sich krampfhaft an der klappernden Seitenwand festhielten.

Nach endlos erscheinender Zeit ließ der Fahrer das Tempo abfallen und schaltete die Scheinwerfer aus. Der andere Lastwagen tauchte wieder auf und nun ging es im Kriechtempo weiter. Die Rebellen unterhielten sich über den bevorstehenden Überfall und Jikal verstand genug von ihrem Dialekt, um herauszukriegen, dass sie den Soldaten an einem ausgetrockneten Seitenarm des Flusses auflauern wollten.

Lichter schimmerten weit entfernt in der Savanne und die Rebellen machten einander darauf aufmerksam. Das musste der Konvoi sein! Die Ladefläche des Saviem neigte sich und für einen Augenblick dachte Jikal, der Wagen würde umstürzen, aber der Fahrer hatte ihn nur in einen Creek, ein trockenes Flussbett, gelenkt.

»Sobald wir können, hauen wir ab!«, flüsterte Jikal in einem günstigen Moment Silly zu, aber es war nicht zu erkennen, ob der Kleine ihn auch verstanden hatte.

Der Wagen hielt an und der Motor wurde abgestellt. Die Rebellen griffen nach ihren Gewehren und sprangen eilig in die Nacht hinaus. Niemand achtete mehr auf die beiden Jungen, die zusammengekauert in einer Ecke der Ladefläche hockten. Der andere Wagen fuhr ein Stück weiter durch das Dunkel, dann gab der Fahrer noch einmal Gas und der Motor erstarb. Halblaute Kommandos klangen auf, Schritte knirschten durch den

Sand und dann war alles still bis auf das leise brummende Motorengeräusch des näher kommenden Konvois.

Jikal sah vorsichtig über die Seitenwand. In dem Flussbett war nichts zu erkennen als undurchdringliche Schwärze. Es war unmöglich zu sagen, wo die Rebellen sich verschanzt hatten, doch die Gelegenheit schien günstig.

»Komm!« Jikal stieß Silly an. »Wir hauen ab!«

Aber der Kleine zögerte. Suchend sah er sich um und tastete auf der Ladefläche umher.

Jikal ahnte, was er suchte. »Vergiss die Decke!«, flüsterte er eindringlich. »Wir müssen weg!«

Lautlos ließ Jikal sich von der Ladefläche in den Sand gleiten und half Silly herab. Der Konvoi schien schon recht nah zu sein, denn der Himmel über dem karstigen Ufer war von bewegten Lichtschleiern erfüllt. Hier würde es in wenigen Minuten zum Kampf kommen, aber wenn sie erst einmal in der Dunkelheit verschwunden waren, konnten die Rebellen sie lange suchen. Die Grasbüschel boten genug Deckung.

Tief geduckt schlichen sich die Jungen durch das trockene Flussbett zur anderen Seite, als hinter ihnen das Scheinwerferpaar eines Jeeps über der Böschung auftauchte. Plötzlich standen sie mitten im Lichtkegel. Jikal stieß Silly zu Boden und ließ sich selbst fallen. Eine rasend schnelle Abfolge von Schüssen donnerte los, einer der Scheinwerfer erlosch und der Jeep blieb, mit der Motorhaube über den Abhang ragend, stehen.

Jetzt klangen auch oben an der Böschung Schüsse

auf. Der Kampf war in vollem Gange und sie lagen hier immer noch im Licht des Scheinwerfers! Jikal presste sich so tief in den Sand, wie er nur konnte, und drückte Sillys Kopf auf den Boden.

Dicht hinter ihnen dröhnte ein Motor auf. Ein Lastwagen schob sich neben den Jeep und hupte. Die Scheinwerfer strahlten grellweiß. Es wurde taghell in dem Flussbett. Jetzt war alles aus – jetzt würde man sie entdecken!

Jikal schloss die Augen und rührte sich nicht. Ein Blitz zuckte durch seine geschlossenen Lider und einen Moment lang meinte er, er habe eine Kugel in den Kopf bekommen.

Schlagartig hörte das Schießen auf und Jikal dachte, er sei tot. Aber dann hörte er einige der Rebellen schreien, sie seien blind geworden. Der Motor des Lastwagens brüllte auf und Jikal öffnete die Augen. Er sah, wie der Truck eilig das Ufer hinabfuhr, schwankend das Flussbett durchquerte und sich mühsam die gegenüberliegende Böschung hochwühlte. Das war *die* Chance, von hier wegzukommen! Jikal sprang auf die Füße, packte Silly am Arm und rannte los.

Zentimeter für Zentimeter schob der Truck sich voran. Der Sand war sehr tief und die Räder hatten sich fast bis zu den Achsen eingegraben. Jikal fasste mit beiden Händen nach der Heckklappe und schwang sich mit einem Riesensatz auf die Ladefläche. Schnell streckte er die Hand aus und zog auch Silly nach oben.

Der Truck hatte die Steigung überwunden und wurde schneller. Jikal sah sich um. Sie saßen auf Reissäcken und der ganze Wagen war voller Lebensmittel! Aber plötzlich klangen wieder Schüsse in der Senke auf. Funken sprühten von der stählernen Heckklappe, ein paar der Säcke rissen und Reis spritzte hoch. Die Rebellen schossen auf sie! Jikal machte sich ganz klein und wollte Silly zu sich heranziehen, aber der Kleine hatte sich selbst schon in Deckung geworfen – er war wirklich gar nicht *so* dumm!

Der Kampfplatz verschwand hinter ihnen und nach einiger Zeit waren sie außer Schussweite.

»Puh, das wäre geschafft!«, sagte Jikal und richtete sich auf. »Jetzt müssen wir nur noch sehen, dass wir hier unbemerkt wieder runterkommen!«

Silly antwortete nicht. Wahrscheinlich steckte die Angst ihm noch in den Knochen. Jikal stupste ihn an. »Es ist vorbei! – Kannst aufstehen!«

Mittlerweile fuhr der Lastwagen mit hoher Geschwindigkeit, aber die Stöße waren nicht ganz so schlimm wie auf dem Saviem. Jikal tastete sich zu Sillys Kopf vor. Der Kleine lag ganz schlaff da und rührte sich nicht. Jikal bekam Angst, und schon bevor er die klebrige Nässe in Sillys Haaren spürte, hatte er es bereits geahnt: Der Kleine war verletzt, und das war das Ende ihrer Flucht!

Der Lastwagen war voll beladen. Keine Chance, sich in der Fahrerkabine bemerkbar zu machen! Außen an der Ladefläche entlang? – Reiner Selbstmord! So jagte der Truck holpernd und schwankend über die Savanne, während Jikal auf der Ladefläche Sillys Kopf auf dem Schoß hielt und nichts für ihn tun konnte. Er konnte nur noch hoffen, dass es dort, wo der Lastwagen hielt, einen Arzt gab, der bereit war sich um seinen Freund zu kümmern.

Jikal sah auf. Ein Lichtbündel wühlte sich hinter ihnen aus dem Flussbett empor. Die Rebellen hatten die Verfolgung aufgenommen!

Der Konvoi

Die Wachen im Army-Camp nahmen die Gewehre erst herunter, als sie den Neffen des Gouverneurs erkannten. Ein Sergeant kam heran und salutierte. »Guten Abend, Sir!«

»Guten Abend, Sergeant!«, erwiderte Wilkens Fahrer den Gruß. »Ist die Lieferung für das Flüchtlingslager schon vorbereitet?«

»Die Leute sind dabei, Sir! Das ganze Lager spricht von nichts anderem! – Wenn Sie die Frage erlauben: Soll der Transport denn wirklich noch heute Nacht abgehen?«

»Wo ist die Ambulanz? Mein Begleiter ist verletzt!« Der Fahrer ging nicht im Geringsten auf die Frage ein.

»Immer geradeaus, Sir!«, gab der Sergeant säuerlich Auskunft. »Ist überhaupt nicht zu verfehlen! Der Sani packt gerade ein paar Sachen ...«

Der Fahrer gab Gas und der Rest von dem, was der geschwätzige Sergeant sagte, verwehte mit dem Fahrtwind.

Wilken saß auf dem Beifahrersitz und biss die Zähne zusammen. In der letzten Stunde war seine rechte Hand völlig bewegungsunfähig geworden. Der Handrücken war bläulich verfärbt und die Haut spannte sich glatt und glänzend über dem angeschwollenen, heißen Fleisch, das im Takt des Herzschlags schmerzhaft pochte. Wilken war dem Fahrer zutiefst dankbar, dass er das Reden übernahm und so gut mitspielte, obwohl er doch eigentlich auf der Gegenseite stand. Manchmal fand man eben auch dort Verbündete, wo man es am wenigsten vermutete!

Im Ambulanzzelt brannte zischend eine starke Petroleumlampe und ein Mann mit einer weißen Armbinde war dabei, Medikamente aus verschiedenen Kisten in einen Aluminiumcontainer zu packen.

»Ich hab hier einen Patienten für Sie!«, sprach der Fahrer ihn nach einem flüchtigen Gruß an. »Sind Sie der Doktor?«

»Für die Leute hier *bin* ich der Doktor, Sir! Wenn *ich* sie nicht zusammenflicke, macht es keiner!«

»Na, dann flicken Sie mal!«, meinte der Fahrer unbekümmert und schob Wilken in das Zelt.

Als der Sanitäter Wilkens Hand sah, zog er zischend die Luft zwischen den Zähnen ein. »Wann ist das denn passiert?«, wollte er als Erstes wissen.

»Vor knapp zwei Stunden.«

»Dann kommt das Schönste ja noch. Setzen Sie sich!«

Wilken schob sich einen Stuhl zurecht und legte die verletzte Hand auf den Tisch.

»Würde es Ihnen etwas ausmachen, im Messezelt nach Eis zu fragen, Sir? – Zweites Zelt rechts.«

»Bin gleich wieder da!« Der Fahrer verschwand.

»Wie ist das passiert?«, fragte der Sanitäter, während er Wilken vorsichtig von dem Dreieckstuch befreite.

»Kleines Missverständnis am Abidjian-Pass«, berichtete Wilken. »Plötzlich kam ein Gewehrlauf angesaust und meine Hand war drunter!«

»Rebellen also.«

»Allerdings! Commander Steelblade – schon mal gehört?«

»Hat mir schon ein paar Kunden verschafft!« Der Sanitäter nahm eine Ampulle aus einer der Alukisten.

»Wollen Sie mir 'ne Spritze geben?«

»Muss sein. Gegen die Schmerzen.«

»Wird man davon müde?«

»Ziemlich.«

»Geht nicht! Packen Sie's wieder weg!«

»Mann, noch zwei Stunden, und Sie gehen vor Schmerzen die Wand hoch!«

»Hier gibt's keine Wand.«

Der Sanitäter zuckte mit den Schultern und legte die Ampulle zurück in die Kiste.

Am Eingang gab es eine Bewegung und der Fahrer kam mit einem Eimer zurück, in dem ein paar Hand voll Eiswürfel klimperten.

»Danke, Sir!« Der Sanitäter nahm ihm den Eimer ab. »Hätte ich mir auch nicht träumen lassen, dass mir mal ein leibhaftiger Major zur Hand geht!«

Aha! Man kannte sich! Ein Major war er also! Kein Wunder, dass der Mann so gut informiert war.

Der Sanitäter füllte aus einem Kanister Wasser in den Eimer. »Hand reinstecken!«, forderte er Wilken auf.

Durch die oben schwimmenden Eiswürfel hindurchzukommen war eine Qual. Überall, wo die kalten Brocken an die straff gespannte Haut stießen, brannte es wie Feuer, aber Wilken versuchte das zu ignorieren. Jetzt wurde der Schmerz erst richtig unerträglich. Nach ein paar Sekunden hatte Wilken das Gefühl, die Hand stecke in einem Becken voller glühender Kohlen.

»Drinlassen!«, kommandierte der Sanitäter. »Das hilft!« Als dann die Eiswürfel geschmolzen waren, war das Gewebe wirklich so unterkühlt, dass der Schmerz fast nicht mehr zu spüren war. Sogar die Schwellung war ein wenig zurückgegangen.

»So!« Der Sanitäter schob sich die Ärmel hoch und zog Wilkens eiskalte Hand vorsichtig aus dem Wasser. »Ich muss die Hand jetzt abtasten und eventuell den Knochen wieder einrichten. Das wird jetzt *sehr, sehr* wehtun!« Und damit sollte er Recht behalten.

Eine halbe Stunde später war Wilkens rechter Arm bis zum Ellbogen hinauf geschient und bandagiert und lag wieder in der Schlinge. Wilkens Fahrer, der Major, hatte im Messezelt zwei Essen geordert, und als der Lastwagen beladen war, standen er und Wilken gestärkt und nahezu tatendurstig bereit, um den Transport nach Segou zu begleiten.

Wilkens Handy gab Alarm. Fiona war dran und der Empfang war schlecht, weil sie schon fast zu weit von Okanga und dem Lear-Jet entfernt waren.

»Hallo, Alex! Messie sagte, du seist verletzt!« Typisch Fiona! Keine langen Vorreden! Aber wenigstens war *sie* o. k.

»Hand gebrochen, aber ich bin schon versorgt«, sagte

Wilken. »Sieht aber trotzdem nicht so gut aus. Ich fürchte, ich kann dein Zimmer nächste Woche doch nicht tapezieren!«

»Lass die blöden Witze und hör zu! Ich hab 'nen 'kopter organisiert. Der Gouverneur ist unheimlich kooperativ! Er will dich möglichst schnell loswerden und stellt uns eine Armeemaschine zur Verfügung. Also: François und ich starten in fünf Minuten und holen dich da raus!«

Ausgerechnet ein Hubschrauber! Wilken sah Metallfetzen und roch verbranntes Haar. »Geht nicht!«, presste er zwischen den Zähnen hervor. »Ich muss erst noch liefern!«

»Geht *doch!*« Fionas Stimme war kühl und entschlossen. »François übernimmt deinen Job!«

»Wer sagt das?« Die kaputte Hand war schon schlimm genug, aber bei dem Gedanken, in einen Hubschrauber steigen zu müssen, wurde es Wilken regelrecht übel.

»*Ich* sage das!«, kam es glashart von Fiona. »Wir müssen schnellstens hier raus, wenn wir fertig sind, und das geht nur mit 'nem 'kopter! Deine Hand muss ordentlich versorgt werden und du wirst *nicht* stundenlang in einem Wagen durch die Steppe zurückschaukeln, nur weil du nicht fliegen magst! Basta!«

»Willst du mich zwingen?«

»Aber nicht doch!« Unvermittelt hatte Fiona auf zuckersüß umgeschaltet. »Ich werde dich an der Hand in die Kabine führen! – An der gebrochenen!«

»Das wollte *ich* doch machen!«, protestierte Brunél im Hintergrund.

»Ihr wollt meine Freunde sein?«

»Sind wir!«, behauptete Fiona. »Fahrt mit Licht, damit wir euch auch finden! Bis nachher!« Dann war die Verbindung unterbrochen und Wilken benutzte ein Wort, das bei jeder Zensurbehörde durchgefallen wäre.

»Wer war das denn?« Dem Fahrer war es nicht entgangen, dass Wilken sich mit jemand gestritten hatte.

»Eine verdammte Hexe!«

»Ist sie blond? Kann sie fliegen?« Fiona war auf der Airbase natürlich allen aufgefallen.

»Mit und ohne Besen!«, grummelte Wilken, aber in Wahrheit freute er sich, dass Fiona sich Sorgen um ihn machte.

Der Fahrer lachte. »Hübsche Frau!«, sagte er. »Sieht gut aus für eine Weiße!«

Das kam so verblüffend ehrlich, dass Wilken jetzt auflachte. »Ich werde ihr das ausrichten«, versprach er. »Und zwar wörtlich!«

»Wir wären dann so weit, Sir!« Ein Sergeant kam heran und machte dem Fahrer Meldung.

»Wie lange werden wir unterwegs sein?«

»Etwa fünf Stunden, Sir!«

»Lebensmittel? Medikamente? Alles dabei?«

»Alles verladen und verzurrt, Sir!«

»Na dann los!«

Der Sergeant drehte sich zu einer Gruppe Soldaten um, die zwischen dem Lastwagen und einem Jeep standen. »Einsteigen!«, befahl er, die Leute verteilten sich auf die Fahrzeuge und der Sergeant selbst kletterte auf den Beifahrersitz des Jeeps.

Der Fahrer hatte den Humvee inzwischen auftanken lassen und er und Wilken stiegen ebenfalls ein. Mit den Scheinwerfern gab er das Zeichen zur Abfahrt und der Konvoi setzte sich langsam in Bewegung.

In der Kühle der Nacht hatte sich ein wenig Tau auf die Savanne gelegt und es war nicht ganz so schlimm mit dem Staub. Trotzdem hielt der Fahrer des Humvee Abstand zu dem Lastwagen.

Weit voraus tanzten die Rücklichter des Jeeps im Dunkel. Vier Stunden noch, und der Auftrag konnte als abgeschlossen angesehen werden: Sie hatten ermittelt, dass die Regierung Hilfslieferungen unterschlug, und sie hatten den Flüchtlingen Soforthilfe gebracht. All das in weniger als vierundzwanzig Stunden!

Wann waren sie in London gestartet? Kurz nach zehn Uhr morgens! Jetzt war es noch nicht einmal halb zwei. Wenn alles klarging, konnten sie mittags schon wieder zu Hause sein, allerdings nur, weil Fiona den Hubschrauber besorgt hatte ... Wilken musste schlucken.

Die Bremslichter des Jeeps glommen auf. »Ein Creek!« Der Fahrer wandte Wilken kurz das Gesicht zu.

»Trocken, nehme ich an!«

»Um diese Zeit immer.«

Der Jeep fuhr jetzt Schritttempo. Auch der Lastwagen wurde langsamer und die Kolonne war dichter zusammengerückt. Gerade begann sich die Motorhaube des Jeeps in das leere Flussbett hinabzusenken, als die Soldaten unvermittelt heraussprangen und sich rechts und links der Fahrspur in Sicherheit brachten. Aus der Entfernung sah es aus, als würden winzige Funken aus dem Creek sprühen, und ein Geknatter, wie von einem schwächlichen Feuerwerkskörper, wehte herüber.

Der Fahrer fluchte laut. Der Lastwagen vor ihnen stoppte. Der Fahrer ließ den Wagen noch ausrollen und hielt daneben an. Der Lautsprecher des Humvee gab ein paar Störgeräusche von sich. »... noch rechtzeitig bemerkt! Wir versuchen sie im Creek zu halten!«

Der Fahrer schnappte sich das Mikrofon. »Wo sind Sie, Mann?«, fragte er aufgeregt, und ohne eine Antwort abzuwarten: »Raus aus dem Jeep, aber schnell!«

Es kam keine Antwort mehr, aber Wilken sah, dass ein Schatten sich von dem Jeep löste und in den Grasbüscheln verschwand.

»So ein Idiot!«, schimpfte der Fahrer. »Setzt sein Leben aufs Spiel, nur um mir Meldung zu machen!«

Wilken konnte nur noch staunen. Der Mann machte sich Sorgen um das Wohlergehen seiner Leute! »Sagen Sie mal«, fragte er vorsichtig, »sind Sie sicher, dass Sie wirklich ein Major sind?«

»Passt nicht ganz in Ihr Klischee vom primitiven schwarzen Offizier, was?«, lachte der Fahrer böse. »Aber es kommt noch besser! Feige bin ich nämlich auch nicht! Ich nehme mir jetzt den Lastwagen und fahre die Schweinehunde da drüben einfach über den Haufen! – Kommen Sie mit, Sie weißer Held?«

»Total verrückt!«, meinte Wilken. »Der reine Irrsinn! – Aber es geht trotzdem! Ich sag Ihnen gleich, warum!« Kurz entschlossen schnappte er sich mit der gesunden Hand die Reisetasche und stieg aus. Der Fahrer war inzwischen zum Lastwagen gegangen und hatte die Leute zur Verstärkung der Jeepbesatzung nach vorne geschickt. Wilken hielt sie kurz auf. »Wenn wir hupen, wird es einen starken Blitz geben! Alle sollen unbedingt für einen Moment die Augen schließen! Geben Sie das weiter!«

Die Soldaten sahen ihren Chef zweifelnd an. »Tun Sie, was der Mann sagt!«, bestätigte der. »Und halten Sie sich daran!«

Wilken kletterte auf den Beifahrersitz des Lastwagens. Seine Hand pochte und es war, als bohre jemand ein Loch hindurch. Er versuchte, nicht darauf zu achten.

»Ich hätte es wissen müssen!«, schimpfte der Fahrer, als er sich hinter das Lenkrad schob. »Das hier ist weit und breit die einzige Möglichkeit, über den Creek zu kommen; aber zwei Überfälle in einer Nacht, wer denkt denn an so was?«

Wilken nestelte mühsam seine Brieftasche heraus und suchte die Kreditkarte, die er von Brunél erhalten hatte. Mit nur einer Hand war es mühsam, die Karte herauszuziehen und falsch herum wieder in die Hülle zu stecken, zumal der Fahrer den Wagen schon auf den Creek zurollen ließ. Als sie aber direkt neben dem Jeep waren, war Wilken bereit und hatte auch schon kurz erklärt, wie die Sache laufen sollte.

Wilken drückte die Karte fest in die Hülle. »Jetzt!«, rief er dem Fahrer zu. Der Wagen stoppte kurz vor der Boschung und Wilken warf die Karte über den Jeep hinweg. »Hupen und Augen zu!«, erinnerte er den Fahrer und keine zwei Sekunden später zuckte rosafarbenes Licht durch seine geschlossenen Lider. »Und los!«

Der Fahrer trieb den schweren Wagen ohne zu zögern die Böschung hinab und sie durchquerten wild schlingernd den sandigen Boden des Flussbetts. Das Schießen hatte aufgehört und die Rebellen schrien vor Überraschung und Wut. Die gegenüberliegende Böschung war steiler als gedacht und fast wären sie stecken geblieben, aber der Wagen schaffte es doch und nach ein paar bangen Sekunden hatten sie festen Steppenboden unter sich. Hinter ihnen flackerte die Schießerei wieder auf, aber die Kugeln konnten den Männern im Führerhaus nichts mehr anhaben. Der Fahrer gab Gas und immer schneller werdend rollte der Lastwagen über die Grasbüschel hinweg. Die Scheinwerfer bohrten sich wie Lanzen aus Licht in die Nacht und der Fahrer und Wilken brüllten vor Begeisterung. Jetzt konnte sie nichts mehr aufhalten! Als sich die Spannung entladen hatte, wurden sie ruhiger, und als der Rebellenlaster sich aus dem Creek wühlte, wurden sie noch ruhiger. Mit einem Lastwagen voller Bewaffneter konnten sie es nicht aufnehmen. Der Fahrer holte alles aus dem Motor heraus – aber es war nicht der altersschwache Saviem, der ihnen folgte. Der Wagen war unglaublich schnell und er kam immer näher.

Der 'kopter

Etwas Eintönigeres als einen Nachtflug über die Savanne bei Neumond kann es kaum geben. Fiona hielt
den Militärhubschrauber gleichmäßig auf tausend Fuß
Höhe, die Turbine arbeitete gleichmäßig und ebenso
gleichmäßig war die Dunkelheit unter der dahinjagen-
den Maschine.

Das Licht der Sterne vermochte nicht die Savanne
unter ihnen zu erhellen und es war, als flögen sie über
einem riesigen Abgrund dahin, in dem es nichts zu
sehen gab als undurchdringliche Schwärze.

Etwas Eintönigeres als einen Nachtflug über die
Savanne kann es kaum geben – es sei denn, man hat
François Brunél zum Copiloten, der sich Sorgen um sei-
nen Freund macht.

»Die Hand gebrochen!«, regte er sich nun schon zum
zehnten Mal auf. »Fiona, weißt du überhaupt, was das
heißt? Ich hab mir in Borneo mal den Knöchel ver-
staucht und musste danach mit einem Schnellboot
durch die Brandung brettern. Mann, *das* hat vielleicht
wehgetan! Lauter elektrische Schläge, sag ich dir, einer
nach dem anderen! Und das war nur eine Verstau-
chung! Das sind nicht zehn Prozent der Schmerzen, sag
ich dir – nicht zehn Prozent!«

»Er hat gesagt, dass er versorgt worden ist«, versuchte Fiona ihn zu beruhigen.

»Der lügt doch!«, brauste Brunél sofort wieder auf. »Du kennst doch Alex! Der kommt doch mit dem Kopf unterm Arm nach Hause und sagt, es wär nix!«

Da musste Fiona ihm nun wieder Recht geben. Wilken machte zwar einen sehr besonnenen, geradezu vorsichtigen Eindruck, aber wenn sie im Einsatz waren, war immer *er* es, der in der ersten Reihe stand, und manchmal schoss er auch ein wenig über das Ziel hinaus. Würde Fiona ihn nicht besser gekannt haben, hätte sie gemeint, sein Leben sei ihm nicht viel wert, aber so wusste sie, dass es blanke Wut war, die ihn manchmal alle Vorsicht vergessen ließ. Wut auf die Leute, die die Rechte anderer Menschen nicht achteten, die sich an der Armut bereicherten, die um des eigenen Vorteils willen andere unterdrückten, kurz: Wut auf die Leute, gegen die die I.B.F. seit ihrer Gründung kämpfte.

Fiona konnte Wilken bis zu einem gewissen Punkt verstehen. Sie selbst war damals zur *Foundation* gestoßen, als sie gerade ihren Job verloren hatte. Als jüngste Pilotin einer kleinen Charterflugfirma war sie durch Zufall darauf gestoßen, dass ihre Kollegen in den Maschinen der Gesellschaft Kokain und andere Drogen schmuggelten. Zuerst hatte sie daran gedacht, die Geschäftsleitung zu informieren, aber dann hatte sie herausgefunden, dass die Bosse mit dem Personal unter einer Decke steckten. Also hatte sie die Sache der Polizei gemeldet.

Die Polizei hatte sehr geschickt gearbeitet und dank

Fiona war ein internationaler Rauschgiftring aufgeflogen. Die Fluggesellschaft gab es nicht mehr, weil die Chefs alle hinter Gittern saßen, und Fiona war ihren Job los gewesen. Außer einem warmen Händedruck des Polizeipräsidenten hatte sie nichts von der Sache gehabt, aber das war nicht das Schlimmste: Keine andere Fluggesellschaft wollte Fiona mehr Arbeit geben. Sie hatte sich gegen ihre Chefs gestellt und alle hatten Angst, sie könne so etwas wieder tun, wegen zu langer Arbeitszeiten vielleicht oder wegen zu wenig Urlaub. Die Personalchefs hatten Angst, sich eine Laus in den Pelz zu setzen, die sie nicht wieder loswurden, und lehnten ihre Bewerbungen mit den fadenscheinigsten Begründungen ab.

Fiona war am Ende gewesen. Sie hatte keine Arbeit und kein Geld gehabt und ihr Hauswirt hatte auch schon seit Monaten keine Miete mehr von ihr gesehen. – Da war eines Abends ein Anruf von der *Foundation* gekommen. Man hatte ihr diesen Job unter der Bedingung angeboten, dass sie nach London zog, und sie hatte angenommen.

Oh ja! Fiona verstand sehr gut, was Wut war. Wut auf diese selbstgerechten Typen, die sich bereicherten, wo sie nur konnten, und andere nicht hochkommen ließen!

»He, was ist das?« François zeigte nach vorn und Fiona schreckte auf. Für einen Moment war sie so in Gedanken versunken gewesen, dass sie die Welt um sich herum ganz vergessen hatte, aber nun sah sie es auch: ein Lichtschimmer weit voraus, ein Hauch von Helligkeit, kaum erkennbar, aber doch vorhanden!

Fiona beugte sich ein wenig vor und korrigierte den Kurs. Sie hielt genau auf die Stelle zu, da zuckte plötzlich ein Blitz auf. Aus dieser Entfernung sah es aus wie schwaches Wetterleuchten.

»Blendgranate!«, rief Brunél. »Los, gib Gas, Mädchen!«

Fiona schob den Steuerknüppel etwas nach vorne und drehte den Gasgriff auf Maximum, aber trotzdem rückte der Lichtschein am Horizont kaum näher. Brunél zog sein Multifunkgerät aus der Tasche und versuchte eine direkte Verbindung von Handy zu Handy aufzubauen, aber ausgerechnet in diesem Moment gab der Akku auf.

»Verdammt!« Brunél wechselte den Akku gegen einen frischen aus und gab wieder den Code für direkte Verbindung und Wilkens Kennung ein. Diesmal klappte es und Alex meldete sich.

»Was ist los da unten? Bist du in Schwierigkeiten?« Plötzlich war alle Aufgeregtheit von Brunél abgefallen; er fragte so ruhig und sachlich, wie man überhaupt nur fragen konnte.

»Schwierigkeiten ist überhaupt kein Ausdruck!«, kam es von Wilken ebenso ruhig zurück. »Die Rebellen sind hinter uns her und ich schätze, in zwei Minuten werden wir in Fetzen geschossen!«

Der Hubschrauber raste über den Creek hinweg, wo der Jeep noch immer wie ein skurriles Kunstwerk über der Böschung hing und mit einem Scheinwerfer den Sandboden beleuchtete. Ein einzelner Lastwagen mit gelblichen Lichtern schlich im Schneckentempo auf dem Grund des Flussbetts davon. »Das sind sie nicht!«, rief François, der Fionas fragenden Blick bemerkt hatte.

Der schwache Lichtkegel des Saviem blieb zurück, aber er war hell genug gewesen, um das Sehvermögen für einen Moment einzuschränken. Vor ihnen war nur Dunkelheit.

»Da vorne!« Fiona deutete mit der linken Hand durch die Plexiglaskuppel. Sie hatte gerade die Rücklichter der Lastwagen entdeckt, die dicht hintereinander durch die Savanne jagten.

Wilken musste in dem vorderen Laster sein, aber sicher ist sicher. »Macht mal kurz das Licht aus«, forderte François, »damit wir erkennen, wer wer ist!« Nach einem Moment erloschen die Lichter des ersten Lastwagens und gingen sofort wieder an. »Okay! – Sag mal, Alex, warst du das eben mit der Blendgranate?«

»Das Ding war große Klasse!«, kam es zurück. »Hast du noch welche dabei?«

»Das wirst du gleich sehen! Bis nachher!« Brunél steckte das Handy ein und zog seine Brieftasche heraus. »Hundert Yards vor den linken Laster in dreißig Fuß Höhe!«, kommandierte er, und als Fiona die angegebene Position eingenommen hatte, drückte er die erste Karte fest in die Hülle, zählte bis drei und warf sie aus dem Fenster. »Hmhm – die Freiheit nehm ich mir!«, sang er leise auf Deutsch dazu.

Für den Bruchteil einer Sekunde war die Savanne in weitem Umkreis taghell erleuchtet. Die Karte musste ein gutes Stück über dem Boden gezündet haben. Der

Rebellenlaster, der links knapp hinter ihnen gewesen war, hielt plötzlich an, aber dafür raste ein Hubschrauber an ihnen vorbei und Wilken lehnte sich aufatmend zurück.

»Ah, die blonde Hexe!«, stellte der Fahrer fest.

»Und der rote Teufel!«, ergänzte Wilken.

»Und wer sind *Sie?*«

»Keine Ahnung!« Wilken hob vorsichtig die Schultern. »Ich glaube, ich bin einfach der nette junge Mann von nebenan!«

»Eher Siegfried!«, sagte der Fahrer.

»Wie bitte?«

»Ich hab Ihnen doch erzählt, dass ich eine Zeit lang in Deutschland war. Siegfried! Deutsche Heldenfigur! Drachentöter! Müssten Sie doch eigentlich auch kennen.«

»Wenn Sie das je erwähnen ...« Wilkens Stimme hatte einen unverkennbar drohenden Unterton. »Die beiden kriegen es glatt fertig und dichten mir eine Kriemhild an!« Er zeigte auf den Hubschrauber. »Steht der Lastwagen eigentlich noch?«

Der Fahrer schaute in den Rückspiegel. »Bewegt sich nicht.«

»Gut!« Wilken lehnte sich zurück. Jetzt waren die Komplikationen wohl endgültig vorbei. – Bis auf den Heimflug!

Entgegen allen Erwartungen versuchte der Fahrer des Rebellenlasters es doch noch einmal. Obwohl er den Hubschrauber gesehen und gehört haben musste, nahm er die Verfolgung sofort wieder auf, als seine Augen sich erholt hatten. Es war offensichtlich: Wer immer dort unten das Kommando hatte, litt unter fortgeschrittenem Größenwahn!

Fiona hatte die Maschine wieder auf dreihundert Fuß steigen lassen und hielt sie weit seitlich von der Fahrspur. Der Army-Laster war fast zwei Meilen vor den Verfolgern, aber der Abstand verringerte sich schon wieder. Brunél schaute sich die Verfolgungsjagd kopfschüttelnd von oben an. Ab und zu stachen winzige Feuerlanzen von der Ladefläche aus in ihre Richtung, aber keine der Kugeln traf, denn sie flogen ohne Licht und die Burschen schossen nach Gehör. Außerdem ist es sowieso völlig unmöglich, von einer schwankenden, stoßenden Ladefläche aus irgendetwas gezielt ins Visier zu nehmen.

Nach etwa einer halben Stunde war der Rebellenlaster für Brunéls Geschmack wieder zu dicht hinter dem Army-Truck, also bat er Fiona, mal kurz ihre Kreditkarte benutzen zu dürfen. Sie willigte ein und keine Minute später war die Sache entschieden. Der Rebellenlaster stand wieder und der Army-Truck verschwand schwankend in der Ferne.

Fiona ließ den Hubschrauber in weitem Abstand um den Laster kreisen. Es wurden noch ein paar Schüsse auf sie abgegeben, aber dann sahen die Rebellen ein, dass es keinen Zweck hatte, die Verfolgung noch einmal aufzunehmen.

Der Fahrer setzte den Blinker und bog nach links in die offene Savanne ab. »Keine Ahnung, wer da unten das Kommando hat«, lachte Fiona, »aber der Fahrer hat wenigstens Sinn für Humor!« Dann nahm sie Kurs auf das Flüchtlingslager und kurze Zeit später waren sie wieder neben dem Army-Truck.

»Nein, mir geht es gut!«, log Wilken und biss die Zähne zusammen. »Nein, kaum Schmerzen, und die Erschütterungen sind gar nicht so schlimm!« Das Handy knallte ihm nach einem besonders wilden Bocksprung des Lastwagens ans Ohr. »Nein, nein! Ist wirklich nicht nötig, dass ich umsteige! Reicht völlig aus, dass ihr uns Geleitschutz gebt. Bis später! Ende!«

»Flugangst?«

Wilken sah den Fahrer misstrauisch an, aber es war nicht die Spur eines Grinsens auf dessen Gesicht zu entdecken. »Kann man so sagen«, gab er zu. »Ich bin mal mit so 'nem Ding abgestürzt. Lagerschaden an der Rotorwelle.«

»Sabotage?«

»Wartungsfehler. Reine Schlamperei! Hat zwei Menschen das Leben gekostet.«

»Schwer zu vergessen, was?«

Wilken antwortete nicht. *Schwer zu vergessen? – Er träumte fast jede Nacht davon!*

»Eine gute Stunde noch«, sagte der Fahrer nach einer Pause. »Halten Sie es wirklich noch aus oder soll ich langsamer fahren?«

»Geht schon, ehrlich!«

»Sie sind 'n komischer Kerl«, stellte der Fahrer fest. »Ich kenne Europa und die Europäer ganz gut. Sie passen gar nicht in diese saubere, weiße Mein-Auto-ist-das-schnellste-und-mein-Rasen-ist-der-grünste-Welt!«

»Deswegen bin ich ja hier! Apropos ›komischer Kerl‹: Schauen Sie doch mal in den Spiegel!«

»Ich mache hier nur meinen Job!«, behauptete der Fahrer. »Der Gouverneur hat gesagt, dass ich Sie nicht aus den Augen lassen soll, und wenn Sie abhauen wollen, soll ich Sie matt setzen. Er will Sie auf jeden Fall lebend zurückhaben.«

»Wie fürsorglich! Wissen Sie auch, warum?«

»Wäre es gut für mich, das zu wissen?«

»Vielleicht ja! Ich habe sein Konto in der Schweiz geplündert und nur ich kann das wieder in Ordnung bringen.«

»Ha! *Deswegen* dreht der Alte fast durch!« Der Fahrer schlug vor Vergnügen auf das Lenkrad. »Die ganze Beute aus dreißig Jahren Bestechung und Erpressung! Das müssen hunderttausende sein!«

»Bisschen mehr«, meinte Wilken. Vielleicht redete er heute etwas zu viel, aber mittlerweile vertraute er dem Fahrer und die Unterhaltung lenkte ihn ein wenig von den Schmerzen ab.

»*Wie viel* mehr?« Der Kopf des Fahrers ruckte herum und seine Stimme war spröde. Es war nicht Gier, was Wilken in der Enge des dunklen Fahrerhauses spürte, sondern Ärger, deshalb antwortete er ehrlich.

»Zweiundvierzig Millionen Franken. Das sind rund einundzwanzig Millionen Dollar! Ihr Onkel ist ganz ohne Frage ein sehr reicher Mann.«

»Und für ein kleines Bewässerungsprojekt ist kein

Geld da!«, brach es nach einer kleinen Pause plötzlich aus dem Fahrer heraus und vor Wut rammte er das Gaspedal bis auf das Bodenblech. »Im Kernland sind drei Dörfer aufgegeben worden, weil das Geld für die Bohrung von Tiefbrunnen gestrichen wurde! Können Sie sich das vorstellen? Tausende werden blind, weil sie am Trachom leiden. Der Staat ist ja so arm, dass wir uns weder Ärzte noch Medikamente leisten können! Und dieser Gangster ...«

»Er ist es ja nicht allein! – Können wir etwas langsamer fahren? Danke! – Er befindet sich da in bester Gesellschaft. Wenn je bekannt wird, wie unverschämt die meisten Regierungsmitglieder sich bedienen, wird es nicht bei ein paar hundert Rebellen bleiben!«

»Wenn das bekannt wird, explodiert das Land!«, bestätigte der Fahrer mit tonloser Stimme. »Und meinen Stamm wird es am schlimmsten treffen, weil wir fast die gesamte Regierung stellen. Wenn das rauskommt, bleibt von uns nur noch Asche!«

»Sie wissen jetzt Bescheid.« Wilken hatte seine Schmerzen für den Moment völlig vergessen. »Ich denke, dass Sie mit dem Wissen umgehen können. Machen Sie was daraus, Major!«

Jetzt kam alles auf die Antwort des Fahrers an. Bei der Nennung seines Rangs hatte er schnell zu Wilken herübergeschaut. Jetzt starrte er für lange Augenblicke durch die Frontscheibe. »Mann!«, lachte er plötzlich auf. »Sie sind echt unbezahlbar! Kommt da so 'ne Kalkratte aus England daher und schlägt mir 'nen Militärputsch im eigenen Land vor! Ich fass es nicht!«

Wilken schwieg. Es war wirklich ziemlich gewagt, was er da angedeutet hatte, und das mit der Kalkratte überhörte er gnädig.

Der Major schwieg für lange Zeit, während er den Wagen durch die Dunkelheit lenkte. Im schwachen Licht der Armaturenbeleuchtung sah Wilken, wie angespannt sein Gesicht war. Der Motor brummte monoton und ab und zu drang das flappende Geräusch des Hubschraubers in die Kabine.

»Mann, Sie haben ja Recht!«, sagte der Major unvermittelt, aber er sah Wilken dabei nicht an. »So wie es ist, kann es nicht bleiben. Aber ein Militärputsch? Ob das die Lösung sein kann?«

»Irgendjemand *wird* es bald tun«, sagte Wilken, »aber aus Habgier. Es gibt sogar schon Pläne! Kommen Sie diesen Leuten zuvor! Sie haben doch ähnlich denkende Freunde in der Armee, oder?«

»Gute Männer!«, bestätigte der Major. »Ich kenne ein paar wirklich gute Männer – die könnte ich sogar für die Sache gewinnen!«

»Denken Sie mal ein bisschen darauf herum!«, schlug Wilken vor. »Und lassen Sie mich das Ergebnis wissen. Vielleicht sollten wir uns mal gründlich darüber unterhalten.«

»Was verlangen Sie für Ihre Unterstützung?«

»Keinen Penny und keinen Cent.«

»Sie sind wirklich ein komischer Kerl!«

»Möglich.«

»Es sollte mehr von Ihrer Sorte geben!«

»Gibt es.«

Der Rest der Fahrt verlief recht schweigsam und pünktlich mit der aufgehenden Sonne kamen sie in Segou an. Der Major hatte ihre Ankunft rechtzeitig über Funk angemeldet und sein Kollege vor Ort, Major Ironsy, hatte ein großes Geviert für den Hubschrauber und den Truck absperren lassen. Dennoch passierte dann auf einmal alles gleichzeitig.

Als Erstes sprang ein schlaksiger Junge mit blutbefleckter Hose von der Ladefläche. »Mein Freund ist verletzt!«, rief er dem Fahrer zu. »Ich hole die Ärztin!« Ohne eine Antwort abzuwarten, drängte er sich durch die heranströmenden Flüchtlinge, dann war er verschwunden.

Wilken stieg eilig aus und ging nach hinten. Sein Begleiter war schon auf den Lastwagen geklettert und beugte sich über einen mageren braunen Körper. Er sah Wilken bestürzt an. »Der Kleine hier hat eine Schusswunde!«, sagte er. »Die Jungen müssen die ganze Zeit auf dem Wagen gewesen sein!«

»Legen Sie ihn an die Seite, damit wir abladen können!«, klang da eine Stimme hinter Wilken auf. Er drehte sich um. Vor ihm stand das genaue Abbild von allem, was er an der Army hasste: ein zynischer, eiskalter Leuteschinder, der sich wegen der Streifen und Sterne, die er auf Ärmel und Schultern trug, das Recht nahm, Menschen wie Dreck zu behandeln. Seine Uniform war makellos und seine Stiefel waren blitzblank. Die Spiegelbrille gab seinem Gesicht etwas Maskenhaftes und sein Mund war zu einer verächtlichen Grimasse verzogen. »Na los doch! Runter mit dem Bengel!«

Wilken war es, als lege sich ein roter Schleier vor seine Augen. Unwillkürlich wollte die geschiente Hand sich zur Faust ballen und der Schmerz raste seinen Arm empor, da hörte er die Stimme des Majors von der Ladefläche: »Guten Morgen, Major Ironsy! Sie werden sich gedulden müssen, bis der Junge hier ärztlich versorgt ist. Das macht Ihnen doch hoffentlich nichts aus, oder?«

»Natürlich nicht, Major M'bele!« Ironsy zog missbilligend die Mundwinkel nach unten. »Aber beeilen Sie sich trotzdem, ja? Ach – ebenfalls einen guten Morgen!« Damit wandte er sich ab und für einen Moment verspürte Wilken den nahezu übermächtigen Drang, diesem Kerl ganz gewaltig in den Hintern zu treten.

»Contenance, mon cher, contenance! Lui est seulement un chien!«*, kam es da leise von der Ladefläche und diese deutlichen Worte, hier, mitten in der Savanne, bewahrten Wilken vor dem schlimmsten Fehler seiner Laufbahn. Augenblicklich kühlte er ab und sah sich irritiert um.

Major M'bele kümmerte sich schon wieder um den Jungen. »Er blutet nicht mehr«, sagte er, »aber er reagiert nicht! Wo, zur Hölle, bleibt die verdammte Ärztin?«

---

* »Bleiben Sie ruhig, mein Lieber. Er ist nichts weiter als ein Hund!«

Okanga – Fès – London

Jikal kämpfte sich durch die Menschenmassen, die ihm entgegenströmten. Die Flüchtlinge hatten den Hubschrauber ankommen hören und das Geräusch hatte die Hoffnung in ihnen erweckt, dass sie jetzt vielleicht endlich wirksame Hilfe bekämen. Jikal sah verlassene Lagerstätten, hastig beiseite geworfene Schlafdecken, in der Eile umgeworfene Kalebassen und Pfützen verschütteten Wassers, aber er nahm nichts davon wirklich wahr. Er suchte die Ärztin und auf halbem Wege zu ihrem Zelt traf er sie.

»Kommen Sie schnell mit!«, keuchte Jikal, als er vor ihr stand. »Mein Freund – sie haben ihm in den Kopf geschossen, aber er atmet noch!« Jikal griff nach der Hand der Ärztin. »Kommen Sie doch! Schnell!«

»Warte, ich hole meine Tasche!« Die Ärztin drehte sich um und lief zu ihrem Zelt zurück. Jikal wollte hinterher, aber da sah er seine Mutter, die Sunny auf dem Arm trug, herankommen. Joel war nirgends zu sehen. Wahrscheinlich war er schon lange am Landeplatz.

Jikals Mutter sah ganz verstört aus. »Jikal, warum bist du hier? Bist du verletzt?«

Jetzt erst merkte Jikal, dass seine Hose ganz voller Blut war. »Nein, mir geht's gut!«, keuchte er und wühlte in seinen Taschen. Er war immer noch außer Atem und das Sprechen fiel ihm schwer. »Hier! Für Sunny!« Die Ärztin kam heran und hastig drückte er seiner Mutter die Schachteln mit den Medikamenten in die Hand. »Ich muss wieder zum Lastwagen!«, rief er ihr noch zu, dann nahm er die Hand der Ärztin und zog sie hinter sich her.

Die Ärztin hatte Anweisung gegeben, Silly vorsichtig vom Wagen zu heben und auf ein paar Decken zu betten. Zuerst hatte sie die Kopfwunde untersucht. »Ein Streifschuss«, stellte sie fest, »der Schädelknochen ist nahezu unversehrt.« Mit einer kleinen Lampe leuchtete sie in Sillys Augen und Ohren, dann richtete sie sich wieder auf. »Ich kann keinerlei Anzeichen für eine Hirnquetschung feststellen. Andererseits deutet aber alles auf eine Hirnverletzung hin! Man müsste ihn zur Beobachtung in eine neurologische Fachklinik bringen!«

»Wo ist die nächste? Wir bringen ihn mit dem 'kopter hin!« Fiona brauchte ihre Kollegen nicht erst zu fragen. Sie wusste, dass sie einverstanden sein würden.

»So eine Klinik? – *Hier?*« Die Ärztin hob ratlos die Schultern. »Keine Chance! Die Reichen lassen sich alle in Europa oder in den Vereinigten Staaten operieren, wenn es etwas Komplizierteres ist.«

»Verdammter Mist!«, brüllte Brunél plötzlich los. »Was ist das bloß für ein Drecksland, das Kinder in den Krieg hetzt und noch nicht einmal ein ordentliches Krankenhaus hat?«

»Ich bedauere es auch sehr, dass wir Ihnen keine europäischen Verhältnisse bieten können!« Major M'beles Stimme war eiskalt. »Aber seien Sie sicher: Wir arbeiten dran!«

»Kümmert sich vielleicht mal jemand um das Kind?« Fiona war blitzböse. »Los! Bringt den Kleinen in den 'kopter! Wir nehmen ihn mit! Hier kann er nicht bleiben!«

»Ich – ich glaube, er hat früher mal einen Splitter in den Kopf gekriegt!« Jikal hatte darauf vertraut, dass die Erwachsenen helfen konnten, darum hatte er bis jetzt den Mund gehalten, aber als er merkte, dass auch sie ratlos waren und sogar anfingen sich zu streiten, drängte er sich zwischen sie.

»Einen Granatsplitter?« Die Ärztin hatte ihm als Einzige zugehört.

»Granatsplitter, ja!«, bestätigte Jikal. »Das hat ein Junge gesagt, der ihn schon länger kennt.«

»Ein Grund mehr, ihn schnell von hier fortzubringen«, sagte die Ärztin zu Fiona, die jetzt auch aufmerksam geworden war. »Hier kann ich nichts für ihn tun!«

Fiona richtete sich auf. »Los, Leute! Holt ein paar Decken ran!«, scheuchte sie einige verdutzte Soldaten. »Wir brauchen eine weiche Unterlage für den Jungen!«

Mitten in die Vorbereitungen für Sillys Abtransport platzte ein Funkspruch aus der Hauptstadt und Major Ironsys Wutgebrüll war noch hundert Meter weiter zu hören. Messie und die I.B.F.-Zentrale hatten ganze

Arbeit geleistet. Noch in der Nacht waren alle Hilfsorganisationen, die mit der Sache zu tun hatten, vom neuen Stand der Ermittlungen in Kenntnis gesetzt worden und gerade eben war eine Delegation von Helfern von der Hauptstadt aus gestartet. Sein Vorgesetzter hatte Ironsy gesagt, er möge für diese Leute die besten Zelte und Betten bereithalten, denn sie seien sehr anspruchsvoll. Weil es ein offener Funkkanal war, hatte Ironsys Chef nicht deutlicher werden können, aber im Klartext hieß das: *Kontrolle kommt in drei Stunden! Die Leute sind stinksauer und bleiben lange! Bring deinen verdammten Sauladen in Ordnung!*

Die Legende von der Rebellengefahr war geplatzt. Alle wussten jetzt, dass es hier in der Gegend nur ein paar einzelne Verwirrte gab, die keine wirkliche Gefahr darstellten, jedenfalls nicht für ein gut bewachtes Camp. Das ganze Lügengebäude von Militär und Regierung war innerhalb einer Nacht zusammengebrochen, und wenn Major Ironsy gedacht haben sollte, dass er sich die gerade eingetroffenen Lebensmittel und Medikamente unter den Nagel reißen könne, so hatte er sich gründlich getäuscht. Die Unterschlagung der Hilfsgüter zog schon jetzt so gewaltige Kreise, dass die ganze raffsüchtige Militärclique auf verlorenem Posten stand. Gouverneur N'gara, Major Ironsy und viele andere würden eine gewaltige Menge Waschpulver brauchen, um mit einigermaßen weißer Weste aus dieser Sache herauszukommen!

Jikal hatte Angst. Vor allem natürlich um Silly, aber auch um sich selbst. Eigentlich hatte er sich nachts und heimlich in das Lager schleichen wollen und nun stand er hier im hellen Sonnenlicht mitten zwischen den Leuten, von denen fast alle wussten, dass er nicht hierher gehörte. Bislang hatte Ironsy ihn nicht bemerkt, aber Jikal konnte sich vorstellen, was ihm blühte, wenn der Major ihn sah, denn schließlich war er desertiert. Krysuda hatte ihn schon gesehen, das war sicher, wenn der Sergeant sich auch keinerlei Zeichen des Erkennens hatte anmerken lassen. War das Nettigkeit? Wollte er Jikal schützen? Oder wollte er ihn in Sicherheit wiegen, bis die Weißen fort waren, um ihn dann ohne Aufsehen verhaften zu können?

Endlich waren genug Decken herbeigeschafft worden, um Silly bequem und sicher zu lagern, und der Kleine wurde vorsichtig in den Hubschrauber gebracht. Für ihn konnte Jikal jetzt nichts mehr tun und er dachte kurz daran fortzulaufen, aber am helllichten Tage war das sinnlos. Wenn die Soldaten ihn einfangen wollten, dann würden sie das tun, innerhalb oder außerhalb des Lagers!

Die Weißen und der Fahrer des Lastwagens stiegen in den Hubschrauber.

Jikal wich ein paar Schritte zurück, als der Mann mit den roten Haaren auf dem Pilotensitz Platz nahm und die Turbine startete. Er stand jetzt mit der Ärztin allein innerhalb der Absperrung. Das Pfeifen der Turbine schwoll an. Der Rotor begann träge sich zu drehen. Überall um sie herum waren Soldaten. Major Ironsy kam durch die Reihen. Er sah wütend aus, und wenn der Hubschrauber erst einmal gestartet war ...

»He, was ist mit dir? Warum kommst du nicht?«, rief die blonde Frau aus der offenen Tür des Hubschraubers über das Pfeifen der Turbine hinweg. »Willst du deinen Freund nicht begleiten?«

Wie im Traum ging Jikal vorwärts, legte die Hand an den Griff und stieg ein. Die Frau verriegelte die Tür. Das Motorengeräusch wurde noch lauter und wenige Sekunden später hatte Jikal das Gefühl, der Boden kippe unter ihm weg. Der ganze Raum vibrierte und plötzlich konnte er das Lager in seiner gesamten Ausdehnung von oben sehen. An der Absperrung des Landeplatzes sah er seine Mutter und seine Geschwister. Er hoffte, dass sie es verstehen würden, dass er einfach so fortging – aber er konnte sich doch nicht wieder von Major Ironsy einfangen lassen!

Jikal sah zu Silly hinüber, der quer über der hinteren Sitzbank lag, die man mit den Decken für ihn aufgepolstert hatte. Der weiße Verband um seinen Kopf zeigte an einer Stelle einen winzigen Blutfleck. Ein Netz aus breiten Gurten war vor die Bank gespannt, sodass Jikal nur seinen Kopf sehen konnte. Die weiße Frau saß auf der äußersten Ecke der Pritsche und hielt Sillys Handgelenk zwischen den Fingern. Seine Augen waren geschlossen und er bewegte sich nicht.

Jikal musste schlucken. Wenn Silly starb, würde die Frau es ihm doch bestimmt sagen – oder?

Brunél flog den Helikopter mit größtmöglicher Geschwindigkeit und hielt ihn so ruhig, wie es nur ging. Trotzdem war es Wilken während des ganzen Fluges übel, aber er hielt sich gut. Auf solche Kleinigkeiten konnte er jetzt keine Rücksicht nehmen, denn es ging um das Leben des Jungen, der durch den Streifschuss ins Koma gefallen war. Außerdem belegte Major M'bele ihn die ganze Zeit mit Beschlag.

Was Jikal anging, so verbrachte er den Flug schweigend und nachdenklich. Es war zwar aufregend, die Savanne von so hoch oben zu sehen, aber so richtig genießen konnte er seinen ersten Flug nicht. Wenn er die Leute richtig verstanden hatte, dann wollten sie Silly nach Okanga bringen und ihn dann mit einem anderen Flugzeug in ein Krankenhaus im Ausland transportieren. Nur, was mit ihm selbst geschehen sollte, das war Jikal absolut schleierhaft. Er kannte niemanden in Okanga und es kam ihm vor, als sei das Wort »Deserteur« in großen Lettern auf seine Stirn geschrieben. Wovon sollte er leben? Sollte er sich so lange mit Bettelei und Diebstahl durchschlagen, bis man ihn einfing und wieder in die Armee steckte?

Der Pilot flog schweigend die Maschine und die Frau saß schweigend bei Silly. Der blonde Mann und der Soldat hatten die Köpfe zusammengesteckt und redeten ununterbrochen, aber der Lärm des Triebwerks ließ Jikal kein Wort verstehen. Inmitten dieser Menschen kam er sich so einsam vor, als sei er ganz allein auf der Welt.

Als sie die halbe Strecke nach Okanga geschafft hatten, meldete sich ein anderer Militärhubschrauber über Funk. Eine internationale Delegation war nach Segou unterwegs und Wilken erstattete der Leiterin noch einmal genauestens Bericht. Die Frau wirkte recht entschlossen und er hatte den Eindruck, dass Major Ironsy es mit ihr ziemlich schwer haben würde. Die Zeiten, in denen er da draußen ganz unbeobachtet seine eigene Party feiern konnte, waren wohl endgültig vorbei!

Achtzig Meilen vor Okanga ließ sich endlich wieder eine Verbindung zu Messie herstellen. Fiona gab ihr den Auftrag, schon mal die notwendigen Überfluggenehmigungen einzuholen und dafür zu sorgen, dass in Fès, wo sie mit dem Jet zwischenlanden wollte, rechtzeitig ein Neurologe zum Flugplatz käme, um sich Silly anzusehen.

Eine halbe Stunde später setzte Brunél den Hubschrauber in Okanga dicht neben dem Lear-Jet auf den Beton. Fiona sprang als Erste hinaus und ging mit schnellen Schritten zu ihrem Flugzeug. Die Alarmanlage zeigte an, dass sich während ihrer Abwesenheit niemand daran zu schaffen gemacht hatte. Fiona stieg ein und bereitete den ersten Sitz hinter der Tür für den Krankentransport vor, während Brunél sich mit Hilfe von Jikal um Silly kümmerte. Sie lösten die Gurte, die den Kleinen gesichert hatten, und als Fiona das Zeichen gab, dass sie bereit sei, trugen sie ihn hinüber.

»Setz dich dorthin!«, sagte Brunél und zeigte auf den hintersten Platz, als Jikal eigentlich schon wieder hatte aussteigen wollen. »Oder willst du lieber hier in der Stadt bleiben?«

»Ich kenne hier keinen ...«

»Das dachte ich mir«, nickte Brunél. »Du kannst auch mitkommen – dann fühlt dein Freund sich nicht so alleine, wenn er aufwacht!«

Jikal nickte. Das, was hier mit ihm geschah, war ihm zwar unheimlich, aber besser, als in den Straßen Okangas betteln zu gehen, war es allemal. Der Weiße zog eine Reisetasche unter einem der Sitze hervor und begann darin herumzukramen. Plötzlich flogen ein paar Kleidungsstücke auf Jikals Schoß. »Zieh das mal an!«, sagte der Mann. »So wie du jetzt aussiehst, kannst du nicht bleiben! Ich heiße übrigens François und die anderen sind Fiona und Alex!«

Jikal nannte auch seinen Namen und François ging nach vorne zu seiner Kollegin. Blitzschnell streifte Jikal seine blutverschmierte, verschmutzte und zerrissene Kleidung ab und schlüpfte in die Sachen, die der Fremde ihm gegeben hatte. Zum Glück war François nicht besonders groß und die Sachen passten einigermaßen. Wenige Minuten später kam der blonde Weiße, Alex, in das Flugzeug und schon ging es los. Sie wollten über Fès nach London fliegen. Weder von Fès noch von London hatte Jikal je etwas gehört.

Während der Jet für Silly hergerichtet wurde, war Wilken mit Major M'bele zu dessen Onkel gegangen. Wenn Gouverneur N'gara auch ein Gangster war, so hatte er doch gut mitgespielt und dem Team nicht unnötig Steine in den Weg gelegt. Wilken wollte sich wenigstens kurz von ihm verabschieden. Außerdem würden sie ohne seinen Segen sowieso keine Starterlaubnis erhalten.

»Nun, Mister Wilken, haben Sie erreicht, was Sie wollten?« Der Gouverneur war immer noch am Flughafen. Er saß wie ein riesiger Ochsenfrosch hinter seinem Schreibtisch und schaute Wilken missmutig entgegen.

»Danke der Nachfrage! Alles im grünen Bereich!«

»Das war eine sehr seltsame Mission«, stellte N'gara nachdenklich fest. »Sehr menschenfreundlich, wie mir scheint!«

»Wir tun, was getan werden muss«, entgegnete Wilken. »Das ist unser Beruf!«

»Sie sind nicht gerade zimperlich in der Wahl Ihrer Mittel.«

»Unsere Gegner auch nicht.«

»Leute wie ich, meinen Sie!«

»Ich meine Hunger! Ich meine unnötige Krankheiten und sinnlosen Tod! Wer so etwas zulässt, ist ein Gegner!«

N'gara holte tief Luft. »Ich habe seit gestern Abend viel nachgedacht«, sagte er. »Sie sind jetzt seit vierzehn Stunden im Land und das, was Sie da in der Savanne getan haben, das hat man bis in die Hauptstadt gespürt! Der Premierminister selbst hat mich schon um sechs Uhr angerufen und mich gefragt, ob in meinem Distrikt eine Revolution ausgebrochen sei!«

»Ich wollte mich eigentlich nur kurz von Ihnen verabschieden. Wir haben ein verletztes Kind an Bord!«

Wilken hatte weder Zeit noch Lust, sich die Sorgen dieses Provinzfürsten anzuhören.

»Ich will Sie nicht unnötig aufhalten. – Nur noch so viel: Zuerst hätte ich Sie am liebsten umbringen lassen, und – so wahr ich hier sitze – wenn ich eine Chance gesehen hätte, das Geld ohne Ihre Hilfe wiederzubekommen, hätte ich es getan! Für mich waren Sie nur ein weißer Gangster mit undurchsichtigen Motiven, wie sie hier zu dutzenden in der Stadt herumlungern. Als dann aber aus der Savanne eine Meldung nach der anderen hereinkam, habe ich begonnen zu begreifen, dass es Ihnen nicht ums Geld geht. Kurz gesagt: Ich habe wirklich lange nachgedacht. In diesem Staat muss sich einiges ändern und vielleicht haben Sie den Anstoß gegeben. Ich finde es in Ordnung, was Sie getan haben, und ich danke Ihnen dafür!«

Major M'bele stieß einen überraschten Laut aus. Diese Reaktion hatte er seinem Onkel wohl nicht zugetraut.

»Ich muss jetzt wirklich los!« Zum ersten Mal seit seinem Absturz hatte Wilken es eilig, in ein Flugzeug zu kommen. »Sobald wir aus der Reichweite Ihrer *Mirages* sind, bringe ich Ihr Konto wieder in Ordnung!«

»Gut!« Der Gouverneur nickte befriedigt. »Tun Sie das! Ich brauche das Geld dringend! In meinem Distrikt sind ja aus Geldmangel einige Projekte liegen geblieben – die möchte ich wieder in Gang bringen!«

Jetzt war es an Wilken, überrascht zu sein, und der Neffe des Gouverneurs verstand seinen Onkel überhaupt nicht mehr. Wollte der alte Fuchs sie reinlegen oder meinte er es wirklich ehrlich? Nun, das konnte nur die Zeit zeigen!

»Sie nehmen es mir bitte nicht übel, aber ich muss jetzt *wirklich* los!« Wilken nickte dem Gouverneur kurz zu und ging dann eilig zum Jet. »Ob er sein Versprechen wohl hält?«, fragte er Major M'bele, der ihn noch zum Flugzeug begleitete. »Ich habe da so meine Zweifel!«

»Ich traue es ihm zu!«, meinte der. »Der Alte ist schlau! In diesem Land wird sich bald einiges ändern, und das ist seine letzte Chance, dann auf der Gewinnerseite zu stehen.«

»Ist doch egal, *warum* einer Gutes tut«, meinte Wilken. »Hauptsache, er tut es!« Er stieg die kurze Gangway hoch.

»Ich hoffe, wir sehen uns mal wieder!«, hörte er M'bele noch sagen, bevor sich der Einstieg hinter ihm schloss.

»Ich auch!«, rief er zurück. Der Neffe des Gouverneurs war ihm wirklich sympathisch.

Sillys Zustand war stabil. In Fès untersuchte ihn ein marokkanischer Neurologe auf Transportfähigkeit, und weil er keine Bedenken anmeldete, ging es in Begleitung eines Arztes weiter nach London. Um zwei Uhr nachmittags landete der Jet in Heathrow und um drei lag Silly schon in einer Privatklinik, die auf Schädel-Hirn-Verletzungen spezialisiert war, unter dem Röntgengerät. Es stellte sich heraus, dass er nicht nur einen, sondern gleich drei winzige Splitter im Gehirn hatte, von denen einer wahrscheinlich für das Koma verantwortlich war, in dem er immer noch lag. Es war ziemlich sicher, dass der Streifschuss eine winzige Verschiebung des Metallstückchens bewirkt hatte, doch die Prognose war gut. Morgen sollte Silly operiert werden und mit hoher Wahrscheinlichkeit würde er wieder auf die Beine kommen.

»Sag mal – wirst du keinen Ärger wegen deiner Flugstunden kriegen?«, fragte Wilken, als sie alle in Brunéls Pick-up zur Villa fuhren. Fiona war vom Heathrow-Tower schon einmal abgemahnt worden, weil sie von Sydney aus quasi nonstop nach London geflogen war.

»Nö«, meinte Fiona. »Der Jet hat doch länger als zwölf Stunden in Okanga gestanden. Das rechne ich mir als Ruhezeit an!«

»Eben, war ja auch todlangweilig da!«, gähnte Brunél.

»Stimmt«, meinte Fiona. »Ich hab ja fast die ganze Zeit geschlafen!«

»Ich auch!«, sagte Brunél.

»Und ich erst!« Wilken nickte. »Habt ihr mich schnarchen gehört?«

»Stimmt ja gar nicht!«, erklang da eine empörte Stimme aus dem Armaturenbrett. »Ihr lügt alle!«

»Du siehst das alles ein wenig zu computermäßig, Messie!«, sagte Fiona. »Sag mal, hörst du etwa heimlich mit?«

»Nur wenn mir langweilig ist!«, gestand Messie.

»*Und das ist fast immer!*«, sagten Fiona, Alex und François im Chor.

Messies Stimme wurde auf einmal ganz zittrig und brüchig. »Ach, nehmt es einer alten Frau doch nicht übel, Kinder! Ich hab euch ja sooo schrecklich vermisst, als ihr in der Wüste wart!«

»Savanne!«, korrigierte Brunél. »Noch so ein Fehler, und du wirst verschrottet!«

»Funktechnisch gesehen *war* es eine Wüste!«, trumpfte Messie auf. »Reingelegt!«

Jikal saß auf dem Rücksitz und das Gespräch war ihm immer schleierhafter geworden. »Wer war das?«, traute er sich zu fragen, als Messie endlich schwieg.

»Erklär ich dir bald mal«, sagte Brunél über die Schulter hinweg. »Aber das dauert! Am besten, wir machen das mal bei einer Sprite am Pool!«

»Ah, ja!« Jikal nickte und schwieg einen Moment, aber zwei Dinge musste er doch noch wissen: »Äh – was ist eine Sprite, bitte? – Und was ist ein Pool?«

Die Siedlung

Spät am Abend, als Jikal schon lange schlief und das Team noch im Salon zusammensaß, schien Fiona plötzlich etwas Wichtiges einzufallen. Unvermittelt sprang sie auf, ging mit schnellen Schritten in ihr Zimmer und kam kurz darauf mit etwas zurück, das wie ein kleines Einmachglas aussah, das innen mit einem bräunlichen Film bedeckt war. »Schaut mal, das wollte ich euch doch noch zeigen. Hab ich mir aus Okanga mitgebracht!«

Wilken, Brunél und van Kamp sahen einander bedeutsam an. Fiona sammelte mit Leidenschaft tote Tiere und hatte sich in der Villa schon einen regelrechten Gruselkeller eingerichtet. Keiner von ihnen hielt allzu viel von diesem makaberen Hobby ihrer Kollegin.

»Neues Exponat?«, wollte van Kamp wissen. »Skorpion in Altöl oder so?«

Fiona reichte ihm das Glas und er drehte es so lange, bis er eine einigermaßen durchsichtige Stelle fand. »Aha, verkohltes Starkstromkabel«, stellte er fest.

Fiona tat beleidigt. »Geräucherte Schlange!«

Wilken nahm van Kamp das Glas ab und sah angewidert auf den verkrümmten, teilweise rußgeschwärzten Körper des Tieres. »Ist ja eklig!«

»Das ist eine besondere Schlange!«, erklärte Fiona. »Sie hat 1762 einen Medizinmann gebissen, der deswegen drei Monate im Koma gelegen hat! Danach hatte er eine Reihe von Erleuchtungen und ist zum Begründer einer gewaltigen Dynastie von Medizinkundigen geworden, die bis auf den heutigen Tag in der Gegend um Okanga hoch angesehen sind!«

»Hat dir der Händler das erzählt?« Wilkens Blick war mehr als skeptisch.

»Ja!« Fiona nickte eifrig.

»Und du *glaubst* das?«

»Nö!« Fiona schüttelte heftig den Kopf und lachte. »Aber sie ist tot und sie ist hübsch – mehr will ich doch gar nicht!«

»Ziemlich krank!«

»Nicht krank, Alex! – Tot!«, verbesserte Fiona und Wilken begriff, dass sie ihm die Chance anbot, schnell einen Rückzieher zu machen, bevor es Streit gab.

»Ist 'ne hübsche, tote Schlange!«, sagte er eilig.

»Sag ich doch«, strahlte Fiona ihn an und Wilken gab das Glas schaudernd an Brunél weiter.

»Was ich noch sagen wollte ...« Van Kamp beugte sich vor, während Brunél sich gierig die Lippen leckte und lauthals nach Messer und Gabel verlangte. »Der verletzte Junge wird ja morgen operiert, da sollte jemand von uns mit Jikal ins Krankenhaus fahren.«

»Ich mache das!«, kam es da aus drei Kehlen und genau so wurde es dann auch gemacht.

Früh am Morgen hatte Jikal aber erst noch eine Bitte: Inzwischen hatte er unbegrenztes Vertrauen in die technischen Möglichkeiten des Teams und er fragte, ob es möglich sei, seine Mutter zu benachrichtigen. Knapp zwanzig Minuten später hatte Messie eine Funkverbindung zu dem Ambulanzzelt der Ärztin in Segou zusammengebastelt. Jikal erzählte ihr, dass Silly gut im Krankenhaus angekommen sei, und als seine Mutter am Apparat war, erstattete er ihr ausführlich Bericht. Im Hintergrund hörte er sogar seinen Bruder Joel quengeln, der auch mal an das Mikrofon wollte, aber seine Mutter ließ es nicht zu. Sie erzählte Jikal, dass jetzt regelmäßig Essensrationen ausgeteilt würden und dass es Sunny auch schon ein wenig besser gehe. Er erfuhr auch noch, dass bereits gestern ein Transport von Jungen aus dem Armeecamp in das Flüchtlingslager gebracht worden sei. Die Verantwortlichen in der Armee hatten wohl Angst vor internationalen Sanktionen bekommen und die jungen Rekruten einfach »nach Hause« geschickt. Das waren mal wirklich gute Neuigkeiten und Jikal freute sich ganz besonders für Noah.

Nachdem Jikal und seine Mutter das Gespräch beendet hatten, war es auch bald Zeit, um in die Stadt zu fahren, denn heute war der Tag, an dem Sillys Schicksal sich entscheiden sollte.

Um zehn Uhr morgens brachte man Silly in den Operationssaal und um elf Uhr dreißig war der Splitter, den die Ärzte als Ursache des Komas ansahen, entfernt. Die beiden anderen Metallpartikel ließ man an ihrer Stelle, da sie schon gut vom Gewebe eingekapselt waren. Sie würden Silly wahrscheinlich nicht stören, aber der Versuch, sie zu entfernen, hätte ein hohes Risiko mit sich gebracht.

Der Arzt schien keiner von denen zu sein, die es für nötig hielten, sich den ungeduldig Wartenden gegenüber aufzuspielen und sie möglichst lange zappeln zu lassen. Er sprach auch in verständlichen Sätzen und nicht in medizinischem Kauderwelsch, wie es manche seiner Kollegen so gern taten. »Alles hat hervorragend geklappt!«, sagte er sofort, als er durch die Tür des Warteraums kam. »Die Operation ist ohne Komplikationen verlaufen.«

»Ist er wieder aufgewacht?« Jikal war aufgesprungen und dem Arzt ein Stück entgegengegangen. Fiona, François und Alex hielten sich zurück. Schließlich war es Jikals Freund, um den es hier ging. Sie hörten aber aufmerksam zu.

»Wenn wir es zulassen würden, wäre er wahrscheinlich schon wach«, erklärte der Arzt. »Es ist aber sicherer, wenn er noch eine Zeit lang schläft.«

»Kriegt er – Schlafmedizin?« Jikal wusste, dass das nicht das richtige Wort war, aber niemand lachte.

»Ja!« Der Arzt nickte. »Morgen Mittag werden wir versuchen ihn aufzuwecken und es wäre gut, wenn er ein bekanntes Gesicht sieht, nachdem er zu sich gekommen ist.«

Jikal sah sich schnell um. Brunél nickte und er wandte sich wieder dem Arzt zu. »Ich werde da sein.«

»Das hatte ich gehofft.« Der Arzt lächelte.

»Kann ich ihn nicht jetzt schon mal besuchen?«

Der Arzt schüttelte bedauernd den Kopf. »Lieber nicht! Er liegt jetzt auf der Intensivstation und wir sollten die anderen Patienten nicht stören.«

»Gut!« Brunél stand auf. »Dann fahren wir jetzt erst mal einkaufen! Mit einem Hemd und einer Hose wirst du ja nicht lange auskommen!«

»Was ist denn eine Intensivstation?«, wollte Jikal von ihm wissen, als sie draußen waren.

Am nächsten Tag um elf wurde Silly vom Tropf genommen, der die leicht betäubende Infusionslösung enthielt, und noch vor zwölf Uhr wachte er auf. Zunächst lag er nur unbeweglich da. Sein Blick war auf die Zimmerdecke gerichtet und leer. Dann begannen seine Augen sich zu bewegen und schließlich erkannte er seinen Freund, der, atemlos vor Spannung, über das Bett gebeugt stand.

»Jikal!«, sagte er mit schwacher Stimme. »Wo sind wir hier?«

Jikal holte tief Luft. Am liebsten hätte er dem Kleinen sofort alles erzählt: vom Hubschrauber, vom Flugzeug, was Sprite und Pool sind und von der riesigen Stadt, in der sie jetzt waren, aber der Arzt hatte gesagt, dass Silly noch zu schwach war, um viel Aufregung zu vertragen. »Im Krankenhaus«, sagte er also nur, aber unter seiner Zunge brodelte es.

»Warum sind hier denn so viele Weiße?« Silly sah verwundert an Jikal vorbei, hinter dem der Arzt und eine Pflegerin standen, dann richtete er seinen Blick auf Brunél. »Und warum hat der da *rote* Haare?«

Jikal musste lachen. »Sei froh, dass er dich nicht versteht!«, sagte er, denn dass François Brunél in manchen Dingen ein wenig empfindlich war, das hatte er schon herausgefunden – aber dann traf es ihn plötzlich wie ein Keulenschlag: »Silly!«, rief er verwundert aus. »Du kannst ja richtig sprechen!«

»Ja?« Silly schien selbst erstaunt, aber er wurde mit dieser verblüffenden Tatsache schneller fertig als Jikal. Noch bevor jemand es verhindern konnte, setzte er sich auf. »Ich hab einen ganz schönen Hunger!«, sagte er. Als niemand reagierte, sah Silly Jikal mit zusammengezogenen Augenbrauen an. »Was sprechen die hier? Verstehen die Englisch?«

»J-ja!« Jikal bekam den Mund kaum noch zu.

Silly richtete den Blick an seinem Freund vorbei auf die Pflegerin. »Hi, Madam!«, grüßte er sie mit seinem bezauberndsten Lächeln. »I'm *sooo* hungry!«

In den folgenden Tagen stellte sich heraus, dass Silly eigentlich Nelson hieß, und als Nelson Okanga wurde er eine Woche später auch aus dem Krankenhaus entlassen, weil ja irgendetwas in den Papieren stehen musste. Er hatte zwar immer noch gewaltige Erinnerungslücken, aber er konnte sich fließend in zwei Sprachen unterhalten und alles Linkische war aus seinem Benehmen verschwunden.

Fiona und François ließen sich Urlaub geben und zeigten den Jungen London und Umgebung. Den Jungen gefiel das gut, wenn sie auch meinten, dass die Leute hier allesamt Englisch mit einem scheußlichen

Akzent sprächen. Walter hatte in der Firma zu tun und so hatte Wilken das Haus die meiste Zeit ganz für sich allein, wenn man von Django, Bones und Hazel einmal absah.

Die Kontrolluntersuchungen, die Nelson im Krankenhaus noch über sich ergehen lassen musste, verliefen zufrieden stellend, und vierzehn Tage nachdem sie in Okanga gestartet waren, machten er und Jikal sich für den Heimflug bereit. Natürlich war auch Nelson mit neuer Kleidung ausgestattet worden und jeder der Jungen schleppte zwei große Reisetaschen zu Wilkens Audi, als es losging.

Wilkens Hand war schon wieder einigermaßen brauchbar, aber bis sie richtig ausgeheilt war, würde noch etwas Zeit vergehen. Da er sowieso nicht voll einsatzfähig war, überwand Wilken seine Flugangst und brachte Jikal und seinen Freund zurück nach Okanga. Von dort aus fuhren sie alle nach Segou, das inzwischen dabei war, sich zu einer selbstständigen kleinen Stadt zu entwickeln.

Der Gouverneur hatte Wort gehalten und innerhalb der zwei Wochen schon etliche Projekte zum Wohle seines Distrikts in Gang gesetzt: Die Gesundheitsvorsorge war verbessert worden, Bewässerungsprojekte waren in Planung und das größte Vorhaben von allen war die Errichtung einer behelfsmäßigen Stadt auf dem Gelände des alten Flüchtlingslagers.

Schon jetzt war das Lager kaum noch wieder zu erkennen: Wo früher die Schlafdecken auf der nackten Erde gelegen hatten, standen jetzt einfache Unterkünfte, das Wasser des Flusses wurde in einer kleinen Anlage zu Trinkwasser aufbereitet und das Ambulanzzelt war zu einem richtigen kleinen Hospital geworden.

Endlich konnte Jikal seiner Mutter in aller Ausführlichkeit erzählen, was er alles erlebt hatte, und auch aus Nelson sprudelte es nur so heraus.

Sunnys Augen waren fast schon wieder so klar und groß wie früher und sie konnte nicht genug davon kriegen, in Wilkens blonden Haaren herumzuwühlen, was der sich auch eine ganze Zeit lang lachend gefallen ließ.

Irgendwann fragte Joel, ob er jetzt einen neuen Bruder habe, und es wurde beschlossen, dass Nelson zunächst bei Jikals Familie bleiben solle, weil er noch immer nicht wusste, wo er zu Hause war.

Später, am Abend, wollten Wilken und die beiden Heimkehrer zum Wohnzelt der Jungen gehen, die Jikal aus dem Armeecamp kannte.

»Hallo, Jikal!«, klang da eine helle Stimme hinter ihnen auf.

Jikal drehte sich um und verzog den Mund. »Hallo, Crissie!«

»Die Leute hier sagen, dass du in London warst. Wie ist es denn da so?«

»Ganz gut!«

»Schöne Sachen hast du an!«

»Hm.« Die Begegnung war Jikal peinlich. »Du, Crissie, wir müssen jetzt weiter!«

»Oh!« Crissie schaute ihnen enttäuscht hinterher, aber Jikal tat so, als merke er es nicht. Crissie war ja ganz nett. Aber eigentlich konnte er dieses kleine Mausege-sicht immer noch nicht leiden. Dann fiel ihm aber ein, dass das alles nicht geschehen wäre, wenn sie ihm damals nicht den Reis geschenkt hätte. Alles hing ja irgendwie mit diesem einen Moment zusammen, in dem sie sich nachts auf ihrer Diebestour getroffen hatten.

Jikal drehte sich um. »Kannst ja mitkommen!«, rief er Crissie zu und wie der Blitz war sie neben ihm. Verstohlen sah er sie von der Seite an. Wenn sie so lächelte, war sie sogar richtig hübsch!

Drei Monate später stand in der *HERALD TRIBUNE* an versteckter Stelle ein kleiner, unscheinbarer Artikel:

PROVINZGOUVERNEUR
WIRD NEUER PREMIERMINISTER

In Westafrika hat sich der Gouverneur der Provinz Okanga in einem unblutigen Staatsstreich zum neuen Premierminister seines Landes gemacht. Gouverneur Vincent N'gara, der in den letzten Monaten durch umfangreiche Reformen in seinem Distrikt auffiel, die er aus seinem Privatvermögen finanziert haben soll, hat es verstanden, weite Teile der Armee hinter sich zu bringen und die alte Regierung zum Rücktritt zu zwingen.

»Wir haben einen Sumpf von Korruption trockengelegt«, sagte Major Justin M'bele, der neue Innenminister, anlässlich seiner ersten Pressekonferenz; außerdem versprach er, innerhalb von drei Monaten demokratische Neuwahlen zu organisieren. »Im Moment sind wir eine

Militärdiktatur«, führte er aus, »aber wir sind uns völlig darüber im Klaren, dass die Augen der Weltöffentlichkeit auf uns gerichtet sind!«

»Da sei dir mal sicher!«, brummte Walter van Kamp und blätterte weiter. Er traute dem Frieden noch nicht so recht. Aber er hatte den Major ja auch nicht für eine lange, gefährliche Nacht als Fahrer an seiner Seite gehabt.

Gemüsepfanne »François« für zwei Personen

Vorbereitung:

100 g Schinken fein würfeln.
Zwei große Zwiebeln fein würfeln.
Zwei oder drei bunte Paprikaschoten entkernen, waschen, würfeln.
Eine halbe Schlangengurke schälen und würfeln.
Zwei Tomaten waschen und würfeln.

Zwei Eier bereitlegen.
Pfeffer, Salz und Paprikapulver (edelsüß) bereithalten.

Zubereitung:

Elektroherd: Stufe 2
Gasherd: Mittelstufe

Etwas Öl in der Pfanne erhitzen und den Schinken kurz anbraten.
Sofort die Zwiebelwürfel zufügen und unter ständigem Rühren braten, bis sie anfangen zu bräunen.
Paprikawürfel zufügen. Umrühren. Heiß werden lassen.
Gurkenwürfel zufügen. Umrühren. Heiß werden lassen.

Tomatenwürfel zufügen. Umrühren. Heiß werden lassen.
Salz, etwas Pfeffer und Paprikapulver nach Geschmack zufügen und – umrühren.
Eier in die Pfanne schlagen und sofort in der ganzen Masse
verrühren. Wenn das Eiweiß gestockt ist, heiß servieren!

Wie François schon sagte: »*Schmeckt lecker und macht
nicht fett!*« Man kann es auch mit anderen Gemüsesor-
ten ausprobieren – und wer keinen Schinken mag, der
lässt ihn einfach weg!

Begriffserklärungen

Amulett	Gegenstand, dem magische Wirkung zugeschrieben wird.
Clique	Gruppe, Bande – auch Freundeskreis.
Creek	Zulauf zu einem Fluss, der nur zeitweise Wasser führt.
Dienstflughöhe/ Dienstgipfelhöhe	Höhe, in der ein Flugzeug noch über mindestens 30 m/Min. Steigfähigkeit verfügt. Entspricht der normalen Flughöhe für weite Strecken, der Reiseflughöhe.
Exerzierplatz	Platz für militärische Übungen.
Exponat	Ausstellungsstück, Sammlerstück.
Hangar	Unterstellmöglichkeit und Werkstatt für Flugzeuge.
hopeless	In den englischsprachigen Ländern Westafrikas die Entsprechung für »hoffnungsloser Fall«, aber ernster gemeint.
Humvee	Jeepähnliches Fahrzeug.

Infusionslösung	Medikament oder Aufbaumittel, das aus einer Tropfflasche in den Körper gegeben wird.
Intensivstation	Abteilung für Schwerstkranke, die unter ständiger Beobachtung stehen müssen.
Kalebasse	Aus einer Kürbisschale gefertigtes Gefäß.
Kennung	Identifizierungsmerkmal technischer Geräte.
Kolonialmacht	Wohlhabender Staat, der die Herrschaft über das Gebiet eines anderen, ärmeren Staates ausübt.
Koma	Tiefe Bewusstlosigkeit, todesähnlicher Schlaf.
Latrine	Militärischer Ausdruck für Toilette, Abort.
Messe	Armeekantine.
Millisekunde	Der tausendste Teil einer Sekunde.
Motorway	Englische Autobahn.
Nanosekunde	Der milliardste Teil einer Sekunde.
Neurologe	Nervenspezialist.

Recherche	Nachforschung.
River	Englisch: Fluss.
Runway	Startbahn.
Savanne	Trockenes Grasland mit Regenzeiten.
Scout	Ortskundiger Führer.
silly	Englisch: blöd, albern, dumm.
Simultan-übersetzung	Gleichzeitige (sofortige) Übersetzung.
Sold	Lohn/Gehalt der Soldaten.
Thermo-Suchkopf	Eine Art Kamera, die Hitze sucht und eine Rakete automatisch in das heiße Triebwerk eines Jets lenkt.
Trachom	Augenkrankheit, die bevorzugt in warmen Ländern unter schlechten hygienischen Bedingungen auftritt und, wenn sie nicht behandelt wird, auf Dauer zur Erblindung führt.
Transaktion	Geschäftsvorgang, großes Finanzgeschäft.
Tropf	Hängeflasche oder Plastikbeutel, aus denen ein Medikament, ein Stärkungs-

mittel oder Konservenblut in den Körper fließt.

Veteran   Soldat mit Fronterfahrung.

Wellblech   Hier Bezeichnung für wellblechartig steinhart zusammengebackenen Sand, der in großen Flächen auftritt.

Zauberspiegel In vielen Kulturen gebräuchliches magisches Hilfsmittel für die Wahrsagerei.

Bei Thienemann bereits erschienen:
Das Team – Die Karibik-Piraten

Die Deutsche Bibliothek – CIP-Einheitsaufnahme
Ein Titeldatensatz für diese Publikation
ist bei Der Deutschen Bibliothek erhältlich

Stuart, Mike:
Das Team – Das Camp der Vergessenen
ISBN 3 522 17407 0

Einbandgestaltung: Agenten und Freunde in München
Einbandtypografie: Michael Kimmerle
Schrift: Rotis Serif und Rotis Sans Serif
Satz: KCS GmbH in Buchholz/Hamburg
Reproduktion: immedia 23 in Stuttgart
Druck und Bindung: Friedrich Pustet in Regensburg
© 2001 by K. Thienemanns Verlag in Stuttgart – Wien
Printed in Germany. Alle Rechte vorbehalten.
5 4 3 2 1* 01 02 03 04

Thienemann im Internet: www.thienemann.de

DAS TEAM greift ein!

Mike Stuart
Das Team – Die Karibik-Piraten
240 Seiten, ab 12 Jahren
ISBN 3 522 17406 2

Während des Urlaubs in der Karibik wird Jonas' Vater das Notebook mit streng geheimen Daten gestohlen. Diese dürfen unter keinen Umständen in die falschen Hände geraten. Ein Fall für das Team!

THIENEMANN

Machtkampf im Cyberspace

Ralf Isau
Das Netz der Schattenspiele
528 Seiten, ISBN 3 522 17257 4

Auf den ersten Blick ist es ein völlig harmloses Computerspiel. Doch dann mutiert es in mehreren Phasen zu einem Supervirus, der weltweit EDV-Systeme zusammenbrechen lässt und letztendlich die gesamte Menschheit an den Rand des Abgrunds bringen könnte. Nur mittels eines gewagten Experiments könnte die junge Stella die drohende Katastrophe noch abwenden ...

Eine abenteuerliche Reise durch die virtuelle Welt des Internets.

THIENEMANN